畏怖について　など

粟津則雄
Awazu Norio

思潮社

畏怖について　など

粟津則雄

思潮社

装幀＝菊地信義

目次

畏怖について　など

桜について

　また桜の時期になった。当方が年齢を重ねるにつれて、今年も桜を迎えることが出来たかという思いが年ごとに強くなる。桜の名木を訪ねたり、全国あちこちの桜の名所をまわったりするには到らないが、それでも、書斎でのんびり落ち着いているというわけにはゆかなくなる。私は、そわそわと立ち上がって、近くの公園や河っぷちの桜並木に出かける。そこで、爛漫と咲き乱れる白い花群を見上げたり、吹くともない風に、あとからあとから絶え間なく落ち続け私にも降りかかる、数知れぬ花びらを眺めたりしながら、長い時を過ごすのである。これは私が日常めったに味わうことのない、ふしぎな快感がしみとおった時間だが、単に楽しいだけの時間ではない。眺めているうちに、時としてその快感のなかから、ある物狂おしさとでも言うほかはないものが身を起こしてくることがある。それは単に私の感覚の表層部を刺激するだけには留まらない。ある渦のごときもののなかに私を巻き込み、逆らいようのない力で、奥深いところまで私を揺り動かすのである。

私は、そういう力に身をさらしながら、それまでさまざまな時にさまざまなところで見た桜の姿を想い起こすのだが、それらのさらに奥の方から、深い水底から引き上げられるように浮かびあがってくる出来事がある。戦争末期のある春のことで、当時私は京都の中学に通っていたのだが、ある夜おそく、友人を訪ねた帰り、祇園の八坂神社のまえを通りかかったとき、ふと思いついて境内に入った。八坂神社には有名な枝垂れ桜の巨木があったのだが、あのとき私にそれを見る意図があったかどうか、もうよく覚えていない。境内にはまったく人影はなかった。戦争中のことで、燈火管制のために電燈はまったくついていなかったが、月明かりのせいで辺りはうっすらと明るかった。私は、何かに思いふけりながら、物音ひとつしない境内を歩きまわっていたのだが、突然、眼のまえに、枝垂れ桜が立ちはだかるように現れ、私は物の怪めいた異形の存在でも眼にしたようにほとんど立ちすくんだ。

錆色の夜空を背景にして、巨大な枝垂れ桜がくろぐろと聳え立っていた。暗くかげった小さな白い花をいっぱいにつけた細い枝が無数に垂れ下がっていた。眺めていると、枝が花をつけているようには見えなくなる。枝を伝わって、その白い花が次から次へと限りなく流れ落ちているように見えてきた。それぱかりかさらに、枝垂れ桜そのものが、そのような花の流れによって息づいている魔性のいきもののように思われてきたのである。私は、自分の呼吸を桜の息づかいと重ね合わせるようにしながら、長いあいだそのまえに立っていた。いつの間にか、白い花は、私のまえだけではなく、私のなかでも流れ落ち始めるようだった。やがて私は、身をもぎ離すようにして桜と別れたが、ある物狂おしい思いがいつまでもあとを曳いた。

実を言うと、おさない頃の私は、桜よりも梅の方がはるかに好きだった。梅の、何かに耐えているように苦しげに身をよじった幹の姿にしても、鋭く屈折したとげとげしい枝振りにしても、その花の、虚空にくっきりと刻み込まれたような形や、しっかりとした質感に支えられた強い色にしても、遠く離れたところまで及ぶ匂いにしても、私は大変気に入っていた。もちろん桜がきらいだったわけではないが、その木の姿もあいまいだし、花の姿もどこか表面的であって、そのことがあるよそよそしさを感じさせていたようだ。そして、あの夜の経験は、そういうよそよそしさを一挙に消し去ったと言っていいだろう。

こういうことが起こったのは、あの枝垂れ桜を見たのが昼間ではなく夜であり、しかもまったく人影のない、しんと静まりかえった暗い境内で、ただひとりでそれと向かい合ったせいだろう。注意を散乱させる白昼の光はなく、枝垂れ桜以外のものは黙々と薄闇のなかに沈んでいた。そのことが、私のなかの奥深くにあるものをおのずからあらわにしたのかも知れぬ。一方、桜もまた、日中は秘めかくしていたその魔性の本性をはばかることなく示したのかも知れぬ。それればかりではない。そこには、戦争末期という時期がかかわっていたようにも思われる。京都は爆撃を受けることはなかったが、戦局は日々悪化の一途を辿っていた。私はまだ戦場に向かう年齢ではなかったが、時折、嘔気を催すようななまなましい死の予感に襲われた。そのことが私に強いた、少年の手にあまる、意識や感覚の鋭い緊張が、桜とのあのような出会いを用意したということは、充分に考えられる。

それで思い出すことがある。十数年前京都の有名な尼寺を訪れたとき、年老いた尼僧の部屋でお茶をよばれたのだが、桜の季節だったにもかかわらず広い庭には一本の桜も見えない。「桜はおきらいですか」とたずねると彼女はほほえみながらこう言った。「桜どすか。桜は気持が騒ぎますさかいな」

浅薄と博識について

少年の頃から、博物館や美術館は私の気に入りの場所であった。大学に通っていたときも、学校までやって来たものの教室には出ず、そのまま素通りして裏口から不忍池の方に降り、上野の国立博物館にしけ込むことがよくあった。戦後まだ間もない頃だから、何か特別の催し物でもない限りどの部屋も人影はまばらであって、森閑としずまりかえっていた。私はその静けさのなかで、黙々と立ち並ぶ仏像を眺め、かずかずの古画を眺めながら時を過ごした。これは、戦後の激しい精神的社会的激動に引きずりまわされ、事あるごとに抑えようもなく荒れ立っていた私にとって、欠くべからざる安らぎの時間だったのである。

ただ、この経験には、安らぎと言うだけではすまぬところがあった。確かに安らぎを味わってはいるのだが、にもかかわらず、見終わって外に出るとがっくりと疲れていたのである。あの頃は食べるもののない時代であってしょっちゅう腹をすかしていたが、私の疲れは空腹のせいだけとは思われなかった。もっと奥深い全身的なもので、それは今しがた見てきたものから発しているようだった。私は自分でもよく正体のわからぬこの疲れをかかえ込んでいるほかなかったのである。

それだけに、その後たまたま、ポール・ヴァレリーが一九二六年に書いた「美術館の問題」というエッセーを読み、まるで私自身の経験について語られてでもいるような、まことに鮮やかな印象を受けた。そのエッセーの冒頭で彼は「私は美術館があまり好きではない」とまず言い、次いで美術館から受けた印象について「何て疲れるんだ！　何という野蛮さだ！」と言う。そしてその理由について、こんなふうに述べるのである。

「各々独自であるばかりかむしろ相対峙するような、また最も相似している場合に最もお互いに仇敵ともなり合うような、これらの名品絶品をこうやっていっしょに並べて置くのは非常識だ」（渡辺一民・佐々木明訳）

ヴァレリーのこの分析は、私がかかえ込んでいたあの疲れの本質を一挙に照らし出してくれた。私の疲れは、それぞれ独自な、時には激しく対立する作品を、抽象的な分類に従って次々と眺めることによって生まれたのである。

それらの作品のひとつひとつには、独自であろうとする執拗な意志につらぬかれた厖大《ぼうだい》な時間がこめられているが、われわれにはそういう時間が作りあげた眼と精神のドラマのなかに入り込むひまがない。ほんの数秒あるいは数十秒で、隣り合った別の時間、別のドラマのなかに入り込まねばならぬ。このことは、見る者に、時には意識的な、時には無意識的な疲れを強いる。それらの作品がすぐれていればいるほどこの疲れも深まるのである。この芯の疲れる疲れをまぬかれようとしてひとはあくせくするのだが、ヴァレリーは、そのときわれわれは「浅薄」になると言う。さもなければ「博識」になると言う。そして「芸術の分野において、博識とは一種の敗北である」と付言するのであって、こういう彼の評言は現在のわれわれをもつらぬくのである。

春のシーズンになって、各地の美術館であれこれと趣向をこらしたさまざまな展覧会が開かれている。どこへ行ってもまずたいてい多くの観客を集めていて、時としては、人込みのうしろから背のびをして眺めなければならないほどである。文化の隆盛まことにめでたいことだが、楽しげに会場を歩きまわっている人びとを見ていると、どうもそう言って安心しても居られないような気がしてくる。人びとの楽しげな姿や表情の奥に、あの「浅薄」と「博識」とがすけて見えるような気がしてくるのである。彼らは「中華もいいが、フランス料理もやはりいいな」とでも言っているような顔をしてうろうろ歩きまわっている。どの料理の味もわかるのだろうが、どうしても中華が食べたいというわけでも、フランス料理を食べたいというわけでもないのである。

こんなふうに考えると、問題は、美術館や美術の分野をこえて、現代の精神や文化のありようそのものとかかわってくるようだ。たとえばニーチェのような人は「〇〇と〇〇」といった主題の立て方を嫌悪し、「ワーグナー対ニーチェ」という本を書いて激越なワーグナー批判を展開した。彼は、対立する二つのものを並立させ、両者をそれぞれよしとする考え方のうちに、あの「浅薄」と「博識」のあらわれを見たのである。もちろんこれは、あるひとつの立場だけを固執せよということではない。現在の世界の姿を見れば、現在ほど対立する立場をも認める寛容さが必要な時代はないとさえ言える。だが、そういう時代であればこそ、この寛容さがひとつ間違えばあの「浅薄」と「博識」に堕しかねないことに心する必要があるだろう。疲れを押してそれぞれの立場がはらむあのドラマに入り込み、それに耐えなければならないのである。

梅雨について

ごくおさない頃の話である。ある日、ひとりで家にいたとき、茶の間のテーブルに置いてあった短歌雑誌をとりあげて退屈しのぎに拾い読みしていたのだが、何気なく開いたページに、伊藤左千夫という歌人の「池水は濁りににごり藤なみの影もうつらず雨ふりしきる」という歌を見つけてひどく昂奮した。母が趣味で歌を作っていたから（短歌雑誌が置いてあったのはそのためだ）、短歌は私にとって未知の存在ではなかったが、私自身は歌を作ることはもとより、歌を読むことにも、特別の関心があったわけではない。伊藤左千夫という歌人についても、何ひとつ知るところはなかったのである。

だが、にもかかわらずこの歌は、おさない私のなかに、書かれたことばではなくある生き生きとした肉声として逆らいようもなく流れ込んできた。そしてたちまち、降りしきる雨の白く光る細い雨脚や、黄色く濁った池の面や、池のまわりの藤の花の薄い紫が、鮮やかに眼に浮かんだ。辺りを領した雨の音も、水気がしみとおった大気の気配も感じられるようだった。

これは左千夫の歌からそのような情景を連想したということではない。そのことばやそれらの動きのひとつひとつを通して、この情景が、まさしく眼で見、耳で聴き、肌で感じるものとして現前し、私を包み込んだ。そしてそのことに私は、ある名状しがたい快感を味わったのである。こういう経験がこのときだけで終わるはずはない。その後も私は、べつだん雨の日でもないにもかかわらず、折に触れてぶつぶつとこの歌を呟き続けた。それだけでは我慢出来なくなると、ノートを引っぱり出して、くりかえしこの歌を書きつけた。そして、その度に新たに、あの快感がなまなましく甦ったのである。

こういうことが起こったのは、もちろん何よりもまず、左千夫の歌の力のせいだが、それればかりではない。この歌は、左千夫が、明治三十四年の梅雨の頃、終わりに近づいた亀井戸の藤を見に出かけたときの見聞にもとづいているが、単にその情景を写実的に詠んだものではない。凝縮された写実を踏まえながらも、それを通して、われわれを染め上げている梅雨の季節感の精髄に触れている。この歌の歌としてのよしあしを判断するには私はまだおさなすぎたが、にもかかわらずこの歌は、いつの間にやら私のなかの奥深いところに積もり重なっていたその季節感を揺り動かすに足りたのである。

『古今和歌集』に収められている小野小町の「花の色はうつりにけりな　いたづらに我身世にふるながめせしまに」という歌を知らぬ人はないだろうが、ここで言う「世にふる」は、「世に旧《ふ》る」、つまり年を重ねるという意味であると同時に、「雨が降る」という意味もかけられている。「ながめ」とは「眺め」、つまり、もの思いにふけるという意味があると同時に「長雨」でもある。ここに言う「花」は藤ではなく桜であり、長雨も、梅雨ではなく春の長雨だろうが、その根幹には、梅雨のいつ晴れるとも知れぬ長雨の感触が生きているだろう。このように、われわれの意識や感覚は、季節感とさまざまに溶け合い重なり合いながら生き続けてきたのだが、そのことが、はるか時を経て、おさない私のなかで、物狂おしさを覚えるほど鮮やかに立ち現れたのは、まことに興味深いのである。

　こういうことがありはしたものの、いつしかこの歌は、私の記憶の表面からは退いていたのだが、戦後になって突然再び出会うこととなった。昭和二十三年の六月十三日、太宰治が女性とともに入水自殺するのだが、そのまえに、友人にあててこの歌を書き残していたというのである。新聞紙上で、私は久しぶりにこの歌を眼にしたのだが、愕きとともに、ある鋭い嫉妬のごときものを味わった。長いあいだ、まるで私自身の所有物のように、ほとんど人に秘めた宝のようにかかえ込んでいただけに、それが、自殺という異常な行為を通してむりやり奪い去られたように感じたのだろう。

もちろん、嫉妬などという感覚は間もなく消え去った。ちょうど梅雨のまっさいちゅうで、まさしく雨が降りしきっていたが、夜、仕事の合間に、その雨音をききながら左千夫の歌を想い起こしていると、そこで詠まれている情景が、単なる属目の情景ではなく、太宰の痛切な想いがすみずみまでしみとおったものとして浮かびあがってくるようだった。彼が入水したのは、亀井戸の池ではなく玉川上水だが、私には、彼の暗い思いがよくわかった。彼は、雨のために濁りに濁った玉川上水の水に見入っていたのだろう。見入っているうちに、左千夫のこの歌が浮かびあがってきたのだろう。私には、王朝期の歌人や伊藤左千夫や私自身をひとつに包みながら、梅雨が、ただひたすら降りしきっているように思われた。

旅について

三十年ほどまえ、パリで暮らしていたとき、友人の画家を誘って、彼の車で、昔の巡礼路のあとを辿りながら、その巡礼路の終点であるスペイン西端のサンチャゴ・デ・コンポステーラまで旅をしたことがある。巡礼路ぞいに点在する聖堂や修道院に立ち寄りながら（それらは昔は巡礼たちのための宿泊所や病院の役割も果たしていたのだ）、四、五日かかって、サンチャゴに到着した。ホテルに落ち着いて何はともあれほっとしながら、途中の見聞をあれこれと想い起こしていたのだが、そのうちに、「昔は大変だったろうな」という思いが突然心に浮かんだ。私の旅はパリ出発の日から数えても四、五日しかかからなかったのだが、昔の巡礼たちは、時には命にかかわるようなさまざまな危険を冒しながら、一月もそれ以上も時間をかけて、やっとのことでサンチャゴに辿り着いたのである。私は何となくこんなことを連想したに過ぎないのだが、この思いは妙にしつっこく私にまつわりついた。そして、それが私のなかに、うしろめたさとも不安ともつかぬものを生み出したようだ。これはかつての巡礼たちが、そのときどきの具体的な旅の経験を通して味わったようなよろこびや苦しみや希望や悔恨が、それらによって日一日と強められながらサンチャゴに向かって収斂してゆく信仰心が、私の旅には欠落していることを鋭く意識したからである。

もちろん私も、旅のあいだにさまざまな感動を味わった。それはけっしてその場限りの上っつらだけのものではなかった。だがそれは、巡礼たちの場合のように、不安や期待や疲労がしみとおった日々の旅によってしっかりと裏打ちされたものではなかった（パリで手に入れた古い巡礼路の地図には、山賊や追いはぎがしばしば出没する危険な地域を示すしるしがあちこちについていて驚いたものだ）。そういう旅を続けるに応じて深まってゆくものではなかった。友人のＢＭＷで、目的地から次の目的地へとハイウェイを飛ばしていては、かつての旅のように、さまざまな感動や印象が、ある生活感のしみとおった具体的な感触によって熟してゆく余裕などないのである。「いったいおれは旅をしてきたのかな」という妙に苦い思いが心に浮かんだ。サンチャゴまでの自分の旅が、何とも抽象的で観念的なものであるような気がしてきたものだ。

だからと言って現在、昔の巡礼たちに倣って歩いて長い旅をしてみたところで、何か特別の目的でもない限り、ますます抽象的、ますます観念的になるだけの話だ。汽車はもちろん、車も飛行機もごく一般的な交通手段となっているから、それらを利用することは、ごく自然な成行きだろう。それらが足のかわりになっているわけだが、自分の足を使わないことが、われわれの旅から旅の具体的な感触を刻々に奪い去っていることも、これまた自然な成行きなのである。

夏の休みに入って、各地の空港は国内旅行や海外旅行の客が群れ始めているだろうが、ジェット旅客機の客室にまるでとうもろこしの実のように埋め込まれ、目的地に向かって、飛ぶと言うよりまるで砲弾のように撃ち出されることが、いったい旅と言えるかどうか。昔、YS11などというプロペラ機に乗っていた頃は、少し風が強いと飛行機が大きく揺れていかにも空を飛んでいるという気がしたものだが、今では、猛烈な速さで飛んでいながら、よほど気流でも悪くない限り、静止しているのではないかという錯覚を覚えるほど安定している。自分が現に身を委ねている速度とわれわれの日常感覚とを、歩くという行為によって結びつけることが出来ない。これも旅ではあるだろうが、これでは、旅をしていると言うより、旅をさせられていると言った方がいい。

そのことで思い出すのだが、ルノワールは、パリからアトリエのある南仏に出かけるとき、いつも一等車ではなく三等車に乗っていたということだ。一等車では、人びとは、隣りの客とは口もきかずに取りすました顔で坐っているのだが、三等車ではそうではない。そこでは人びとは、前からの知り合いのように大声で気軽に話し合っているのだが、彼らがどやどやと降りて行ったり乗り込んで来たりしているうちに、その発音が変わってゆく。たとえば、rの発音ひとつをとっても、のどの上部を響かせるパリやその近郊の発音が、舌先をふるわせる発音に変わってゆく。またある駅で乗り込んで来た農民らしい男女のグループは、席につくと早速包みをひろげ、ワインや手作りらしいパイなどを取り出して食事を始める。そして、うらやましそうな顔をしていたに違いないルノワールも食事の仲間に引き入れるのである。やがて目的の駅に着くと彼らは口々に別れのことばを口にしながら降りてゆくのだが、こういうことを通してルノワールは旅というものを生き生きと味わっていたと言っていい。

夏について

私は、昭和二年の八月十五日に生まれた。そのせいかどうか、夏に対しては、ある特別の感触を感じている。これは、夏がいちばん好きな季節だということではない。好きという点では秋の方がはるかに好きだし、あいまいなものが削りとられて、それぞれがそのむき出しの姿をあらわにした冬の風景にも、感覚や意識を鋭く刺激された。だが夏は、私に汗を噴き出させる暑熱そのもののような、ある部厚い肉体的な感覚として、私を包むのである。

そしてそのような感覚に支えられ、それにつらぬかれたものとして、さまざまな夏の記憶が浮かびあがってくる。ごくおさない頃体験した花火大会の記憶もそのひとつである。

私は、愛知県の三河湾に流れ込む河の河口に近い小さな町で生まれたが、毎年夏にこの川で開かれる花火大会には、町の人びとばかりでなく近隣からも多くの人びとが集まった。幸い母方の祖父が開いていた医院が川っぷちにあったから、その広い庭に大きなやぐらを組み、集まって来た家族や親戚が、そのうえで見物したのである。私が最前列に陣取って夢中になって眺め続けたのは言うまでもないことだ。

日が暮れ、昼間の暑熱が少しずつおさまってくる。時折、ひんやりとした川風が頬に触れる。そして、そのなかで、腹に響く「どん」という音とともに花火が打ち上げられ、錆色の夜空に次々と華麗な火の花が開くのである。そのたびに川岸に集まった人びとから歓声があがり、火薬の臭いが辺りいっぱいに立ちこめる。次いで、無数のいわゆる「金魚花火」が暗い川面を走りまわり、最後にあれこれと工夫をこらしたさまざまな仕掛け花火が、あるいは流れ落ちる火の滝のような、あるいは燃えあがる花輪のような、多彩なイメージを闇のなかに浮かびあがらせるのである。

私は、菓子やすしをすすめる大人たちの声を無視して、ただうっとりと花火を眺め続けた。こんなことになったのは、ひとつには花火そのものの美しさのせいだが、そればかりではない。それは昼のあいだ、私を包んでいた暑熱のせいでもある。この暑熱の部厚い持続の記憶がいくらかひんやりとしてきた夜気のなかでもなおも残っていればこそ、花火の鮮やかさも輝いたと思ったとたんに消えてゆくそのはかなさも、いっそう強く印象付けられる。試みに、「冬の花火」とか「秋の花火」とかいったものを思い浮かべてみればそういうことがよくわかる。もちろんそれらにもそれなりの表情はあるだろうが、夏の花火にくらべればその表情は、はるかに単調で弱々しいのである。

これは、花火だけが夏の記憶として残っているということではない。いつ果てるともなく、ぎらぎらと白く輝き続けているような夏の空。乾ききった土のうえにひろがった松葉ぼたんを眺めながら、おさない倦怠に耐えていた、灼けつくような夏の午さがり。海岸の松林のなかにひとりで坐り込み、松籟《しょうらい》や波音に耳をすましていたときの、暑さまで私から遠ざかってゆくような不思議な孤独。仕立ておろしのゆかたを着せられたときの顔全体を包むような紺の匂いや、布地の肌ざわり。その他さまざまなものが、私にとっての夏を形作るのである。

そして私の場合、それらのすべてが、敗戦の年である昭和二十年の八月十五日の記憶に収斂しているようなところがある。当時私は旧制三高の生徒だったのだが、もちろん、授業などはまったくなかった。京都府下の寺田にある軍営工場の宿舎に泊まり込んで、連日、「勤労動員」に従事していたのである。いっしょに来ていた級友たちに次々と召集令状が来て去って行った。そういう状態のなかで私は時折嘔気のような死の予感を感じながらも生きていたのだが、やがて八月十五日がやって来たのである。あの日は、すばらしく晴れわたった日だった。「終戦の詔勅」を聞いたあと、私は、透明な光の粒が次々とはじけ溶けているような空を見上げていたのだが、群がり起こってくるさまざまな思いが、そのままその空に吸い込まれてゆくようだった。そしてそれらいっさいを吸い込みながら、空はなおも限りなく輝き続けるようだった。それ以前にも、それ以後も、夏はあり、輝く夏の空はあった。だが、あの夏の日の空は、夏そのものを象徴する存在として、今もなお、事あるごとに鮮やかに甦るのである。

このとき以後、私は六十回以上の夏を経験してきたことになる。わが国で、あるいは海外で過ごしてきたさまざまな夏の記憶が、私の夏に複雑な表情を与えているだろう。ただ私に気にかかるのは、かつて私が味わったような濃密な夏の感触が、ほとんど年毎に薄れてきているように思われることだ。人びとにどのような夏の記憶が残るか、いささか心もとないのである。

「秋きぬと……」

まだ残暑が続いているが、時折、秋の風と言うほかはないひんやりとした風が吹き、「ああ、秋だなあ」と思う。毎年、秋を迎えるたびにこんなことを思うのだが、これは日常のなかでたまたま心に浮かんだある感想として片付けうるものではない。私の奥深いところから生まれ出る全身的なよろこびと結びついているようだ。われわれの場合、秋は長くきびしい夏のあとにやって来るから、昔から人びとは、秋の到来のこのような気配、このような感触に対してきわめて敏感であった。この気配や感触に対して、こんなに多くの歌や句や詩を長年にわたって捧げてきた国は、おそらく世界に他に例を見ないだろう。

ごくおさない頃、私は、『古今和歌集 秋歌上』の冒頭に収められた、藤原敏行の「秋きぬと目にはさやかに見えねども風のをとにぞおどろかれぬる」というあの有名な歌を読んで、「いい歌だなあ」と大変感心していた。今読むと、形は整っているものの大してすぐれた歌とも思われぬあの歌にあのように感心したのは、もちろん私自身のおさなさのせいでもあるだろうが、それればかりではない。秋の到来に関して古来人びとによって積み上げられてきた感情や感覚が、おさない私を微妙に染め上げてもいたのだろう。私が「秋だなあ」と思うと、私のなかで多くの人びとが「秋だなあ」と応じてでもいるように感じられたのである。

秋の到来に対してわれわれは単に敏感であるばかりではない。われわれの反応でいまひとつ着目すべきは、われわれがそれを、しばしば、眼よりも先に耳によって感じとっている点である。「目にはさやかに見えねども風のをとに」おどろくのである。風の音は、虚空を吹き巻いて発せられる場合もあるが、まずたいてい、草や木に触れて生まれるものだろう。そして人びとはこの点に関してもまことに鋭敏繊細な反応を示している。風の音を生み出すものならどんな木でも草でもいいというわけではなかった。まず秋風と結びつけられたのは荻の葉であって、『新古今和歌集　秋歌上』には、俊成の「おぎの葉も契ありてや秋風のをとづれそむるつまとなりけん」という歌が収められている。荻の葉が秋風にかすかな音を発しながら揺れ動く様子を相愛の男女に見立てたものだろう。それに先立って

『拾遺和歌集』にも、貫之の「荻の葉のそよぐ音こそ秋風の人に知らるるはじめなりけれ」という歌が収められていて、この二首を読むだけでも、秋風と荻の葉との結びつきが、いかに人びとの心をとらえていたかということがわかる。そして、まず荻の葉が結びつけられたことに、われわれの感性の特質を見てとることも出来るだろう。

もちろんこれは荻の葉に限られていたということではない。新古今では、先に引いた俊成の歌のすぐ次に、七条院権大夫の「秋きぬと松ふく風もしらせけりかならずおぎの上葉ならねど」という歌が収められている。秋風には荻の上葉という通念を踏まえながら松という常緑の木を持ち出すことで新古今らしい新風を打ち出しているわけだ。さらにその次には、藤原経衡の「日をへつゝをとこそまされ和泉なる信太の森の千枝の秋風」という歌があって、ここでは「千枝」すなわち楠がとりあげられている。こういうことは、ただ単にイメージの新奇をねらっただけのものではない。荻と松と楠では、それぞれ姿も色も質感も異なっているが、それによってそこから発する風の音も異なっているはずだ。そしてそこには、秋風に対する人びとの感性の深化と多様化を見てとることが出来るだろう。

さらにまた、竹もとりあげられている。新古今集には、これは「秋歌」ではなく、「夏歌」の巻に収められているのだが、式子内親王の「窓ちかき竹の葉すさぶ風のをとにいとどみじかきうたゝねの夢」という歌がある。この女性歌人には、竹林を吹き過ぎる風の音と、眠りや夢とを結びつけることに特別な好みがあったようで、『式子内親王集』には、「みじか夜の窓の呉竹うちなびきほのかに通ふうたたねの秋」という歌もある。それらからは、その風の音も、彼女の感性の質も、それが結びつく微妙な気配までも生き生きと浮かびあがるのである。

こんなふうにさまざまな歌を次々と想い起こしていると、それとともに、さまざまな秋の風が、私のなかで次々とひしめき合うように身を起こしてくるようだ。それらが生み出す秋の気配が、それと融け合った感情や感覚が私のなかに立ちこめてくるようだ。だが、現在われわれは、こういう感情や感覚に対してひどくあいまいで鈍くなっているのではなかろうか。クーラーやアルミサッシで武装していては、夏の暑熱など中途半端にしか感じられないし、当然、「秋きぬ」という感慨も、強くみずみずしくわれわれをとらえることはないのである。

個性について

戦後まだ間もない頃だ。当時私は、京都の旧制三高に通っていたのだが、学校の創立記念日に、文芸部で、小林秀雄氏に講演に来てもらった。「常識について」というその講演は大変面白かったが、それ以上に今も深く心に刻まれているのは、講演のあと、文芸部の仲間七、八人といっしょに、小林さんを囲んで夜おそくまで酒を飲んだときの彼のさまざまなことばである。

小林さんは、「おめえたちもかわいそうだな。おれなんざ、おめえたちの年頃には悠々と女を養ってたよ」などと言いながら、機嫌よくあれこれと話してくれたが、それは酒席の放談などといったものではまったくなかった。どのことばにも、一挙に問題の本質を見抜く直覚と執拗な思考によって鍛えあげてきた小林さんの批評的個性がすみずみまでしみとおっていた。それはその頃巷にあふれていた、空疎で楽天的なことばや、べとついた感傷的なことばに苛々していた若い私の心にまっすぐに触れてきたのである。

たとえば花田清輝の『復興期の精神』に対する評言も、その端的なあらわれである。この評論集は当時そのけんらんたるレトリックで大変評判になっていた。私も一読して、それまで出会ったことのない新しい批評的個性の出現だと思ったのだが、小林さんの評言は、「ありゃあおめえ、マイクをなくして困っているジャズシンガーというところじゃないのかい」というにべもないものだった。花田清輝のレトリックは、小林さんには、人の注意を引くために大声を出しているだけのものとしか思われなかったのだろう。そんなものは批評ではないのである。

志賀直哉に対する評言も面白かった。志賀は、私が少年の頃から愛読してきた作家だったのだが、戦後彼が発表した短篇は、どれもこれもなんの魅力も感じられぬ作品ばかりだった。あれほどの作家がどうしてこういうことになったのか私にはよくわからなかった。それで「志賀直哉をどう思いますか」とたずねたのだが、それに対して小林さんが、「志賀さんかい、あの人はねえ、無知蒙昧なんだよ」と答えたのには驚いた。

小林さんは、戦前、見事な志賀論を書いている。その志賀論によって志賀直哉は現代文学の問題となりえたと言ってもいいほどだ。そういう相手に対して、いくらなんでも「無知蒙昧」はないだろうと思ったのだが、小林さんはすぐ続けてこんなことを言うのである。

「藤村だって、花袋だって、白鳥さんだって、英語がよく出来た。だからあの人たちは、フロベールでもモーパッサンでもゴンクールでも、みな英訳で読んでいる。ところが志賀さんにはそういう力がないんだな。そういう別の世界に出会うことで、自分の世界をひろげたり深めたりということがないんだよ。あの人は自分の才能だけでやってきた。その才能が大変なものだったから今までもったんだよ。だけど今、とても苦しいところに来てるんだね」

なるほどよくわかった。この評言は、志賀の文体とか技法とかいったものの分析ではなく、志賀直哉という作家のもっとも奥深い本質に直截に触れていて、今も忘れることができないのである。

この志賀評にしても花田評にしてもまことに小林さんらしいのだが、そこには、おのれの判断の独自性を誇示しているようなところはいささかもない。おのれを空しうしてただひたすら対象に見入り、その凝視の純度と強さとが、おのずから対象を照らし出すのである。中途半端な個性など捨て去ることによって、はじめて真の個性が現れ出るのである。

アンドレ・マルローが、個性を超えたものと向かい合ったとき、はじめてわれわれは個性的になりうるという意味のことをどこかで語っていたが、そこにも相通じる姿勢があると言っていいだろう。現在人びとは、ひたすら「個性」をもてはやし、「個性的」であることをすすめているが、こういう姿勢を見失ったとき、「個性的」であることは、単なるヒステリックな孤立に堕するのである。

そう言えば、ゴッホが手紙のなかで「人びとのひとりひとりが、時代という建築を造りあげる積み石のひとつとなって時代を支えていたルネッサンスというすばらしい時代」と語っていた。孤独に燃え上がる炎のような激しい生涯を送ったゴッホにこの言があることに私は心打たれたが、ふりかえってわれわれは、それぞれの個性によっていったい何を支え、何を造りあげているのかと思わざるをえないのだ。それで思い出すのだが、六十年まえのあの夜、小林さんは「おれの批評なんざ、おめえたちのための踏み石みたいなものさ」とも語っていた。あのことばが、改めて心に沁みるのである。

批評について

草野心平がまだ若い頃の話だが、ある日、萩原朔太郎が彼に、「三好君（三好達治）は詩人だけれども、草野君、君は批評家だね」と語ったということだ。彼はこの意外な評言にびっくりして、「批評家とはアキレタ」と思いながら、朔太郎の「錆色の顔」を見つめたとあるエッセーで回顧しているが、草野さんならずともこの評言にはびっくりする。私は、草野さんが一九八八年に八十六歳でなくなるまで、晩年の三十年近くものあいだ、ごく身近で過ごしたのだが、そうして接した草野さんは、すみからすみまで、まさしく天成の詩人というほかない人物だった。ふつう人びとが「批評家」ということばから思い浮かべるようなものは、何ひとつ感じられなかったのである。

だが、朔太郎のこの評言には、単なる放言、単なるその場の思いつきとして片付けられないようなところがある。人びとは、「批評」というと、何となく、その批評の対象の外部に立って、それを他と比較したり、分類したりするとか、そのことを踏まえてそれを評価したり位置付けたりするとかいった作業を思い浮かべるものだろう。もちろん、それらも、批評を形作る作業にはちがいないが、それで批評が成立するわけではない。対象となった作品や問題のなかに虚心に全身的に入り込み、その奥深い本質を言わば素手でつかみとることで、はじめて批評という運動が始まる。そのとき、比較とか分類とか位置付けとかいった作業も、もちろん人によって重点の置き方は違っているだろうが、抽象的で無機的な手続きに留まらぬ内的な意味をそなえたものとなる。対象との具体的で全体的なかかわりとしての批評のなかで、生き生きとした新しい表情が与えられるのである。

朔太郎がどういう意味で草野心平を「批評家」と評したかはわからない。初期の三好達治が、第一詩集『測量船』が示すような甘美で精妙な抒情詩人であったのに対して、草野心平が、詩壇のみならず世間一般に対しても激しく牙をむくかずかずの批評文を書いていることをさしているだけかも知れぬ。だが、朔太郎がどう思っていたにせよ、彼の評言は草野心平の本質をおのずから照らし出しているようだ。先に述べたように、批評の必須の要件が、対象のなかに虚心に全身的に入り込み、その奥深い本質を一挙に素手でつかみとることにあるとすれば、草野心平は、そういう意味での批評を、きわめて純粋にかつ徹底的に体現していると言っていいだろう。

草野心平が宮沢賢治の詩集『春と修羅』と出会ったのは、彼が中国の嶺南大学に留学していたときのことだ。現在とはちがって当時賢治はまったく無名の地方詩人であって、草野心平がこの詩集に出会ったのも偶然の事情による。だが、自費出版というかたちで世に出たこの未知の詩人の詩集は、一読たちまち彼の全身全霊をとらえたようだ。賢治に対する彼の感嘆には、中途半端な及び腰のところはいささかもない。距離を置いた評価などというものでもない。帰国後ある雑誌に書いた文章で、彼は現代の日本の詩壇で天才と称しうるのは宮沢賢治ただひとりであるとさえ断ずるのである。

賢治に対する彼のこのような感嘆にも敬愛にも、一時的な昂奮といったところはいささかもない。それは、数多くの賢治論や、賢治の詩集や全集の編集というかたちで、彼のなかで終生、生き生きと生き続けた。だがこれは、彼が、賢治の影響を、一方的に受け入れ、その放射力に身を委ねたということではない。賢治の本質へのその批評的直覚を通して、草野心平というこれまた稀有の詩人の詩魂が激しく燃えあがり、両者が共に強くおのれを主張しながら結びつくことによって、みずみずしい批評的渦とでも言うべきものが生まれるのである。

　草野心平のこのような姿勢は、ただ賢治に対してだけ示されたものではない。賢治に対するほどではないが、村山槐多に対しても、八木重吉に対してもそうだった。一挙に対象の本質を見抜き、世間の評価にいっさいこだわることなく、それを正確神速にことばにした。もっと若い詩人たちの仕事に対してもそうだった。私は、晩年の草野さんと、詩の賞の選考会などでよく同席したが、その際の草野さんの発言はまことに印象的だった。彼はすでに出来あがっている彼の詩風や詩に対する考えによって、対象を裁断することはなかった。もちろん激しく否定することもあるが、どんな場合も、いかにものびやかな虚心がそこには感じられた。一見、彼の詩と激しく対立するような詩に対しても、彼はたとえば「この詩はよくわからないな。だけどいい詩だよ」と言う。このような草野さんの判断は、ほとんどあやまることがなかったのであって、ここに批評の精髄があると言っていい。近頃では誰もかれもが批評家めいた口をきいているが、こういう意味での批評性はおそろしく衰弱しているのではなかろうか。

詩心について

戦後、まだ間もない頃の話である。私の一家は、経済的に行きづまったうえに父が身体をこわしたせいもあって、それまで暮らしていた京都の家を引き払って、父の生まれ故郷である北江州の村に移り住んでいた。当時私は大学生で東京で下宿暮らしをしていたのだが、休暇で家に戻るたびに、その村のある老人がしげしげと私を訪ねてきた。一応もっともらしい用件を作って父を訪ねてくるのだが、父との話はそこそこに私のところにやって来て長々と話し込むのである。

話し込むとは言っても、われわれに共通の話題があるわけではない。彼は村では道化者で通っていたようだが、その評判通りに、私を相手にして、女房がいかに暴力的で情なしであるか、嫁がいかに強欲であるかといった話を、身振り手振りを交え、時には腕をまくって女房に薪でなぐられたあとを見せたりしながら、いつ果てるともなく延々と語り続けた。ひょっとすると彼が私に会いに来るのも、別に私が好きだったわけではなく、彼の話をうるさがったりまぜっかえしたりせずに黙って聞いてくれる恰好の相手を見つけたというだけのことだったのかも知れぬ。

ところがある年の冬、私の帰宅を聞きつけて早速訪ねてきたのだが、いつもとは様子がちがっていた。意気ごんで話し始めはするのだが、途中で妙に弱々しい表情になり、口をつぐんでしまう。話は一向にはずまないのである。彼がその年の秋、ひとり息子を急な病で亡くしたことは聞いていたので、そのせいかと思って悔やみを言うと、彼はすがるように私を見た。それから例の道化た口調で「何たらいう馬鹿高い薬をジャンジャン飲ましたんやけどな。あかんかった。死んでしもた。ブクブクノブーや」と言い、泣き笑いのように顔をゆがめたが、しばらくすると遠くを見るようなまなざしで窓の外を眺めながら「赤いとんぼがツイツイ飛んどったが」と低い声で呟いたものだ。私も彼とともに窓外を見やったが、白っぽい冬空を背景に、いるはずのない赤いとんぼの群が「ツイツイ」飛んでいる幻を鮮やかに見た。これは、詩とは何のかかわりもないこの老人の心の奥底に潜んでいる「詩心」が生み出した彼の悲しみの象徴なのである。

この幻は、以後五十年余りを経た現在も深く記憶に刻まれているが、もうひとつ、こんな経験もある。たぶん同じ頃だったと思うが、チェーホフの夫人である女優オリガ・クニッペルが、死の床の夫の姿を語っている文章を読み、強く心を動かされた。チェーホフが亡くなる夜、彼の病室には多くの親戚や友人たちが集まっていたが、チェーホフは彼らに、次々と即興の笑い話を話してきかせた。彼らは、こういう時、こういう場所であるにもかかわらず、つい腹をかかえて笑ってしまったということだ。そういう話を語り終わったあと、チェーホフは目をつぶり、「もう二度と眼をあけることはなかった」と彼女は言う。やがて客たちが一応引きとったあと、彼女は夫の枕もとに座り、彼の「何もかもわかってしまったような」静かな死顔を眺めながら、長い時を過ごすのである。

さまざまな思いにふけり、おそらく時の経つのも忘れていただろうが、突然開け放った窓から、無数の黒い蛾が飛び込んで来て、病室のなかを乱舞したということだ。彼女はこの出来事についてで何ひとつ細かな描写はしていないが、あの老人が語っていた「ツイツイ」と飛ぶ「赤いとんぼ」と同様、彼女の文章で語られるこの黒い蛾の群も、夫の死顔を眺めているうちにおのずから浮かびあがってきた彼女の詩心のあらわれのように思われる。

私には、乱舞するこの黒い蛾の群がまざまざと見えた。蛾たちの翅音《しおん》も、彼らが何かに突き当たるバサリという音も、はっきりと聞こえるようだった。そればかりではない。しんと静まりかえった部屋の気配も、チェーホフの死顔も、オリガ・クニッペルの看病疲れと悲しみのために蒼白くすきとおった顔も、まるで私自身がその場にいて、それを感じ、それを見ているように思われたのである。

やがて夜が明けてくる。それとともに、さまざまな音が響き始める。人声、足音、ドアや窓を開けしめする音、あるいは犬の吠える声。人びとが目覚め、再びいつものような生活が始まったことをそれらの音は示すのだが、それを聞くともなしに聞いているうちに、オリガは、このようにして生活は続いているが「彼は死んでもう二度と戻ってこない」ということをはっきりと自覚するのである。こういう彼女のことばはまことに美しい。そこでは、生活の音が夫の死を照らし出しているが、一方、その死が聞きなれた生活の音のひとつひとつを奥深いところから照らし出し、それらに新たな意味と表情を与えているようだ。

恥じらいについて

もう三十年以上も昔のことだ。当時私はパリで暮らしていたのだが、ある日、ふと思い立ってオルレアンに出かけた。いくつかの聖堂や美術館を見たあと、町外れの小高いところにあるカフェのテラスで、何となくジャンヌ・ダルクのことなど思い浮かべながらビールを飲んでいたのである。ふと気がつくと、いつ来たのか、身なりから言っても身体つきから言っても地元の農夫らしい、頭のはげあがった小肥りの老人が、テラスの柱に寄りかかって、はるかにひろがる風景を眺めていた。眺めると言うよりも眼でいつくしんでいるようなそのまなざしも、初夏の明るい陽の光に照らし出された中部フランスの美しい野や山とひとつに融け合っているような、そのいかにも自然な表情や立ち姿も、まことに魅惑的であった。

私は思わず立ちあがって彼に近付き、写真をとっていいかとたずねた。生来、人見知りが激しい方で、こんなことはめったになかったのだが、余程、彼の魅力にとらえられたのだろう。彼はびっくりしたように私を見返し、「写真だって？　私を？」と口のなかでもごもご呟き、突然、ポッと顔を赤らめた。「いいよ。ここでいいのか」と承知してくれたのはいいが、柱からはなれて両手で服のしわを伸ばし、コチコチの直立不動の姿勢をとった。困りはてて「もっと自然に。ふだんと同じように」と言うと、「もっと自然にか。わかった」と答えはするものの、いっそうコチコチになり、奇妙な作り笑いを浮かべるのである。そういうわけで写真の方は失敗したが、こういう彼の反応のいっさいに、あるみずみずしい恥じらいがしみとおっていて、それが私には何とも快かった。パリに戻る車中でも、彼のポッと顔を赤らめた表情や、コチコチの不動の姿勢が眼に浮かび、それが私に何か語りかけてくるようだった。

写真と言えばこんなこともあった。ウィーンに出かけたとき、美術史美術館で長い時を過ごしたあと、軽い疲れを覚えながら近くのカフェでぼんやりしていたのだが、十六、七の少女が入って来て、隣のテーブルに座った。注文を聞きに寄って来たボーイに、ベルリンのドイツ語とは異なるやわらかいウィーンのドイツ語で何か頼んでいる。やがて運ばれて来たジュースを飲みながら、雑誌のようなものを読み始めた。他にほとんど客がいなかったせいもあって、私は見るともなしに彼女の方を眺めていたのだが、眺めるうちに次第に彼女に惹きつけられた。長く背中に垂らした黒に近い褐色の髪、白磁のようなまっ白な肌、眼全体が黒目のように見える、これまた黒に近い褐色の大きな眼。いずれもなかなか印象的だったが、それ以上に私をとらえたのは、あどけなさとういういしさと、それに開花したばかりの女らしさとが融け合った無類の表情である。私はこのときも我知らず立ち上がって、彼女に近付き、私が知っているもっともていねいなドイツ語を使って、「まことに失礼でありますが、あなたの写真をとらせていただけないでしょうか」と頼みこんだものだ。彼女は私を見上げて「私を？」と言ったが、次の瞬間、その白い顔が恥じらいで赤く染まった。右手を顔のまえで激しく振りながら、「駄目、駄目です」とほとんど叫ぶように言った。まるで暴漢に襲われでもしたような反応に私はあわてて引き下がったが、振り返ると、彼女は両手で顔を覆ってテーブルに突っ伏している。それにしても何と大げさなと苦笑したが、人目につく美少女というわけでもない彼女にとって、見も知らぬ外国人に写真をとらせてくれと頼まれるのは、めったにない経験だったのかも知れぬ。あとで私の話をきいた友人は、「人相の悪い東洋人に突然話しかけられてこわかっただけかもしれないぜ」と茶化したが、やはりそうではあるまい。あのウィーンの少女の全身で恥じらいを表現しているような表情や姿は、今も生き生きと甦るのである。

こういう恥じらいの表情や姿は、かつてはわが国でも、さまざまな時、さまざまなところでよく見かけた。それどころかそれは、われわれのある特質であるとさえ言える。柳田国男がどこかで、われわれはきわめて「はにかみや」の民族であって、「にらめっこ」などという独特の遊びを作り出したのはそのためだと書いていた。この指摘は的確だと思うが、こういう特質は急速に失われつつあるようだ。ついせんだっても、電車のなかで、女子高校生らしいグループが辺りかまわず大声で話し合い、「キャー、超はずかしい」などと叫びながら、身体を折るようにして笑い転げている姿を見かけ、いったい彼女たちにとって何がはずかしいんだろうと、ほとんどあっけにとられた。このような恥じらいの感覚の衰弱や欠如が、現在わが国で、悪性ウイルスのように猛烈な勢いで蔓延している数多くの「恥知らず」を生んでいると言っていいだろう。

克己について

大岡昇平は、昭和四十四年の八月に『ミンドロ島ふたたび』という中篇を発表している。ミンドロ島は、ルソン島の南西にあるフィリッピンの島で、彼は、十九年に、兵士としてこの島に駐屯し、そこで俘虜になった。この小説は、その後四十二年に「ふたたび」ミンドロ島を訪れたときの記録を縦軸とし、それと二十三年前の記憶とを重ね合わせた作品である。そこにはこの作家独特の異常なほど冷静で客観的なまなざしとそれを突き破るように立ち現れる激情とが融け合っていて、一読して強く心をとらえられたものだ。

この小説の冒頭近くに、作者がフィリッピン航空の双発機に乗って、かつて戦場であった海や島のうえを飛ぶくだりがある。その風景を眺めるうちに、作者は、二十三年前に特攻機に乗って同じ風景のうえを飛んだ若者たちを想い起こすのである。その頃、敗戦の兵としてミンドロ島の山中に逃げ込んでいた作者は「頭上にカタカタと不景気なエンジンの音が北から南へ過ぎる」のを聞いて、それが特攻機であるとも知らず、「コウモリ爆弾といって馬鹿にしていた」。だが今、その若者についてこんなふうに思うのだ。

「特攻機を操縦して行く若者も、この風景の中にいたが、恐らく島や渚など見ているひまはなかった。この上なく注意を要する仕事が先に待っている。あの輝く波の間に、黒い点となって現れている艦船を見分けねばならない。四方の空の青から、いつ飛び出してくるかわからない敵機を見張っていなければならない」

次いで大岡昇平は、二百五十キロ爆弾を抱いてヨタヨタ飛んでいる特攻機に敵の戦闘機が襲いかかり、「きみの身体は貫かれて、機が落ちて行くのか、意識が落ちてゆくのかわからないまま、きみは暗い死の中へ落ちて行く」と書く。さらにまた、そういう敵機に出会わない場合でも、「きみはきらきら光る波の中に埋もれて、少しばかり遠くに見える目標めがけて、急降下に移る。炸裂する高射砲弾のために、揺れる機を安定させ、方向を維持するように、しっかり舵を握っていなければならない」と書く。そしてこのように述べるのである。

「翼は折られ、身体を打ち抜かれようとも、機を目標に当てるために、操縦桿を握っていなければならないのだ。これはきみのほか誰も知る者のない世界の出来事だ」

私がはじめてこの小説を読んだ頃、一般にはびこっていたのは、特攻機を操縦して間近に迫った不可避で決定的な死に向かうこういう若者たちの死について、異常な心理状態で生じた愚かな無駄死にであるとか、軍国主義に強要され、あるいはそれに踊らされたいたましい犠牲者であるといった考えである。私は、そういう考えのかげにチラチラする、あるいはそれこそ愚かしい、あるいは感傷的な表情にしょっちゅう苛々していたから、大岡昇平のこのようなことばは、いかにも心に沁みた。人びとの考えは一見何やらもっともらしくてつい人はその気になるのだが、大岡昇平の言う「きみのほか誰も知る者のない世界の出来事」を何とか想像しようとしないという点では共通している。たしかにわれわれは、この世界を、そのなかでの出来事を知ることが出来ない。だが、敵戦闘機の攻撃や高射砲の弾幕に耐えながら操縦桿をしっかりと握り続け、機を目標に、いわば死という目標に導くなどという作業が、単なる逆上によってなしとげられるはずはあるまい。自分以外に誰ひとりいない孤独な機内で、若者は、已れとたたかい、已れに克ったのである。このような克己の成就がそのまま彼の死であったことは何とも痛恨の極みだが。

そんなことを思っていると、白っぽい冬空のどこかから、特攻機の「カタカタという不景気なエンジンの音」が聞こえるような気がしてくるのだが、現在そのしたにひろがる世界では、克己などという心の動きは、もちろんないとは言わないが、おそろしく衰弱退化してしまっているようだ。人びとは、己れとたたかい、己れに克つことではなく、そういうたたかいを放棄すれば、それで自己主張が成就されるとでも思い込んでいるようだ。意志や心の緊張を余程ゆるめなければああいう声は出ないだろうと思いたくなる独特のもの言い。これまた意志や心のコントロールをほとんど感じさせぬ金切声や怒鳴り声や笑い声。道路だろうが乗物のなかだろうが所かまわずべったりと座り込む、単なる疲労というよりも、存在そのものの衰弱を感じさせる行動。人びとは、そういうことで自分を自由に表現していると思い込んでいるようだが、そうではあるまい。これはわれわれが機械や動物に堕するというだけのことだ。われわれは、己れに克ち、己れを乗りこえることによってはじめて自分自身になるのである。

富士について

先日、所用で名古屋に出かけたとき、新幹線の車窓から、雪をいただいて、凍てついたような冬空にくっきりと聳えている富士を眺め、強く心を動かされた。富士を見ることが珍しかったわけではない。この半年ほどのあいだだけでも、十回以上もその前を往き来しているのだが、あいにくいつも、雲に覆われていたり、靄《もや》がかかっていたり、雨が降っていたり、あるいは夜だったりして、こういう富士の姿を見るのは久しぶりだったのである。もちろん、久しぶりだからといって、いつもこんなふうに強く心を動かされるとは限らない。「相変わらず美しいな」などと思いながらどうということもなく通り過ぎてしまうこともある。だが、あの日見た富士の姿は、否応なく、だがいかにも自然に、一気に私のなかに入り込んで来た。そして、それに応じて、私のなかの奥深いところから、さまざまな記憶や感情が、ひしめき合うようにして群がり起こった。私は、まるで少年のように、窓ガラスに額を押しつけて、次第に遠ざかっていく富士を、まったく姿を消すまで見送っていたのである。

私がはじめて富士を見たのは、小学校の三年か四年、京都に暮らしていたときのことだ。夏休みに父に連れられて東京に遊びに出かける途中、東海道線の車窓から見たのだが、私はその美しさにほとんど茫然とした。それは、私がそれまでに見たどんな山ともまったく似ていなかった。まわりにそれと競うような山がないためにいっそう際立つその巨大さ。何ひとつ余計なもののない、作りもののように見えるその完璧な立姿。がっしりとした重量感につらぬかれていながら、幻視のような軽やかさがしみとおった、その独特の表情。私はただ恍惚として眺め続け、突然黙りこくってしまった私に、心配した父が、どうかしたのかと話しかけたほどである。

東京からの帰途富士を見た記憶はないが、たぶん夜だったのだろう。だがその後、さまざまな機会に富士を見た。そして、そういう経験を重ねるにつれて、富士は、ますます深く、ますますくっきりと、私のなかに刻み込まれた。その姿は、単なるひとつのイメージに留まらない。私の意識や感覚や感情の全体を奥深いところから染め上げたと言っていい。

そういうことがあるものだから、戦後外地から引きあげて来た兵士たちが、汽車の窓から富士を見て「ああ、富士山だ、富士山だ」と叫びながらオイオイ泣き出したという話を聞いたとき、私には、彼らの気持ちがよくわかった。単にわかったというだけではない。彼らの叫び声も、オイオイと泣く声も、そのまま私のなかで響くようだった。このことは、富士がわれわれにとって、特殊な人間の特殊な好みの対象ではなく、われわれ全体を包み込み、奥深いところで支えているような存在であることを示している。私は富士を眺めていて、時として同時に富士から眺められてでもいるような奇妙な感触を味わうが、これも、そういうことのあらわれだろう。

そういうわけだから、これまで多くの画家たちが富士を描き、多くの歌人や俳人や詩人が富士を詠んできた。そして、それらの積み重ねが、われわれそれぞれの富士のイメージにさまざまな表情を与えてきた。われわれが富士を見るとき、単に物理的存在としての富士を見るだけではなく、そういう絵や歌や句や詩を通して、人びとが積み上げてきたものも見ているわけだ。ひとつの山が、富士のように、ひとつの民族全体を、このように長きにわたってとらえ続けているというようなことは、他にあまり例のないことだろう。

これは必ずしも、われわれにとって富士が、描きやすい、歌いやすい存在であるということではない。富士の完璧な立姿は、画家にとってはむしろ描きにくいものであるとも言える。ただそのままに描けば、誰が描いても同じようになってしまうし、だからといって、視点や構図やタッチにあれこれと工夫をこらせば、画家の手つきばかりが、肝心の富士を離れて際立ってしまうということになる。一方、歌や句の場合も、その姿の美しさや、富士がわれわれにとってあまりに親しい存在であるということが、かえってつまずきの石となりかねない。富士との距離のとりかたが、なかなかの難業なのである。

北斎の『富岳三十六景』は、こういう危うさを十分踏まえたうえでの見事な達成であると言っていいだろう。また俳句では、蕪村の「不尽ひとつうづみ残してわかばかな」という句が私には大変面白い。「わかば」に視点を定めることで、「不尽」がおのずから、その巨大で秀麗な姿を浮かびあがらせる。また芭蕉の「霧しぐれ富士を見ぬ日ぞおもしろき」という句もいかにも芭蕉らしい。見えない富士が富士を現前させるのである。最後にひとつ、私の好きな西行の歌をあげておく。「風になびく富士の煙の空に消えて行くへも知らぬわが思ひかな」

桜についてふたたび

　このエッセーの連載を始めたのは昨年の四月のことだから、ちょうどまる一年たったことになる。第一回は「桜について」と題して、桜をめぐってあれこれと感想を述べたのだが、いつの間にやらまたもや桜の季節になったわけだ。そんなことは何となく考えていたのだが、実はたまたま今日、所用で出かけていたいわき市から上野に戻ったものだから、ふと思いついて久しぶりに上野の桜を見たのである。

　桜はまさしく満開の状態で、こういう時期特有の熟し切った、どこかエロチックな感じさえする気配が辺りに立ちこめていた。そういう気配だけですでに酔ったような表情をした花見客が、あとからあとから続いていた。私は彼らに混じってぶらぶらと歩きまわっていたが、そうしているうちに、私自身も少しずつ酔ってゆくようであった。時折立ちどまって、花ぐもりの白っぽい空のしたで、かすかにかげりを帯びた白い花群をひろげている満開の梢を見上げた。歩いているときはわからなかったが、立ちどまって眺めていると、風もないのに、花びらが、ゆっくりと、だが絶え間なく散り続けていることがわかる。私は、小さな花びらが散ってゆくのを眼で追っていたが、その動きに誘われるように先年世を去った友人の歌人上田三四二の「ちる花はかずかぎりなしことごとく光をひきて谷にゆくかな」という歌が心に浮かんだ。もちろん彼が詠んだのは、二ひら三ひらずつちらちらと散ってゆくこんな落花ではない。花吹雪となって谷に舞い落ちてゆく落花だろう。だが、心のなかでこの歌を思いかえしていると、眼前のかぼそい落花が、「ことごとく光をひき」ながら、「かずかぎりな」く谷にゆく落花に変わってゆく動きが、はっきりと感じられる。そして、その谷から浮かび出るように、在りし日の上田三四二の、強いものを内に秘めたあたたかい表情や、およそものに激することのない静かでおだやかな口調が、生き生きと甦るのである。彼が世を去ったのは、一九八九年のことだからいつの間にか二十年近い時が過ぎたのだが、この時間は、私にとって単に物理的な時間ではない。彼の歌のなかではとりわけこの歌が心に刻まれていたせいもあって、毎年、桜を見るたびに、この歌を、そしてそれを通して彼自身を想い起こすのだが、そのとき、その物理的時間とは異なる、みずみずしく奥深い季節感につらぬかれた生の時間が流れ始めるのである。

それで想い起こすのだが、小林秀雄が『本居宣長 補記Ⅰ』という文章のなかで、宣長についてこんなことを言っていた。

「暦があつて、定まつた月日をすごす後世の人々には、暦もない古代の生活を、甚だおぼつかないものと思うだらうが、この場合、後世の人々が、すつかり忘れてゐる事がある、と宣長は書いてゐる。他人から当てがはれた日月にくはしくなつて、日々を送つてゐるうちに「天地の間《アヒダ》の物」をとくと見聞きして、時を知るという努力の方は忘れ果てた。身辺の風物に「心をつけざれば、見ても見しることなし」さういふ上の空な事になつたと宣長は強く言ふ。これを想へば、定まつた月日を持たぬ昔の人々の生活をおぼつかないとは言ひ切れまい。彼尊が数へてゐた月日は、季節の調べに、確実に共鳴した各人の心のうちに、しつかりと根を下してゐたからだ」

そして小林秀雄は、宣長の、暦は正確そうに見えるが、こまかく見れば実はそうでもない、それにくらべて「かの上の代のごとくなるときに、某人《ソノヒト》のうせにしは、此樹《コノキ》の黄葉《モミヂ》のちりそめし日ぞかし、などとさだむる故に、年ごとに某日は、まことの某日にめぐりあたりて、たがふことなきをや。さればこは、あらきに似て、かへりていと正《タダ》しく親しくなむ有ける」ということばを引いているが、彼らのこういうことばは、私にはまことに苦く響く。命日だの、記念日だの、生誕何年だの、死後何年だのと、人びとはあれこれと理由をつけて、祈ったり、祝ったり、集ったりしているが、人びとは本当に過去を思い出してはいない。死後何年というその時間も、のっぺらぼうに伸びた物理的時間であって、毎年毎年の季節の移り変わりの生き生きとした表情に支えられた、しっかりと中味のつまった時間ではなくなっている。もちろん、今となっては、暦のない時代に戻ることなど出来ない相談である。だが、小林秀雄が言う「著しい季節感が浸透した生活に育まれたわが民族の個性」というものに改めて心してみる必要があるだろう。近頃ではその個性もいささか怪しくなっている気がしなくもないが、桜に酔ったような人びとの表情のなかには、やはりまだそういう個性が生き続けているように感じられるのである。

魂について

せんだって、雑誌「三田文学」で、文芸評論家の秋山駿氏とドストエフスキーをめぐってあれこれと話し合った。対談に先立って秋山氏の卓抜な『罪と罰』論『神経と夢想』のほか、久しぶりに『罪と罰』を読み直したのだが、ごくおさない頃はじめてこの小説を読んだとき味わった独特の感触が、ふしぎなほどになまなましく甦った。

『罪と罰』は一八六六年、ドストエフスキーが四十五歳のとき発表した作品である。この小説で彼は、ラスコーリニコフという貧しい大学生が、単純な金欲しさとはまったく異なる奇怪な想念に引きずられて金貸しの老婆を殺すという話を軸として、「罪とは何か、罰とは何か」という主題を徹底的に追求しているのだが、こういう主題は当時やっと中学の三年になったばかりの私の手に余った。この主題について考える切っかけさえつかめなかった。それどころか、ラスコーリニコフをはじめとする作中人物の複雑な意識や感情にしても、彼らの二重三重に屈折した心理的なかかわりにしても、それらを充分に理解するには、私はまだいささかおさな過ぎたようだ。

だが、にもかかわらず私には、この二十三歳のロシアの大学生の思考や行為が他人事とは思われなかった。彼は単なる犯罪者ではなく小林秀雄が「荒れ狂った良心」と評するような若者であって、この「荒れ狂った良心」そのものが、彼を、あの犯行へ、さらには、犯行後の、期待していたものが何ひとつ成就されることのない異様な精神状態へ導くのである。

彼は、もだえ、のたうちながら、巨大な歯車にギリギリと巻き込まれるように、否応なくその無残なドラマの究極にまで引きずられてゆく。そして私には、私の理解力の未熟にもかかわらず、このラスコーリニコフという若者の思考や感情や感覚のひとつひとつが、わが事のように感じられた。それは、知的理解と言うよりもある感触として私のなかの奥深いところに入り込んだ。そこには重苦しい不安と刺すような痛みとが融け合っていて、それまで味わったことのない未知の感触だったのだが、それによって私は、私自身もまた自分にもよくわからぬ未知の場に引きずられてゆくような恐怖を味わった。

やっとのことで読み終わったが、私には、この小説が私のなかにかき立てたものをどんなふうに扱えばいいのかよくわからなかった。何かに追い立てられるように家を出て、家の近くの大きな川に出かけた。川は、春の陽の光を受けてキラキラと光りながら流れ、川っぷちの草原では、子供たちが何か声高に叫びながら走りまわり、何人かの人びとが川岸の道をせわしげに歩いていた。よく見なれた風景だったが、私には、風景も人びとも、私のなかに起こっていることとは何のかかわりもなく、何の関心を抱くこともなく、いつもと同じように存在し続けていることが、何とも奇怪なことと思われた。私はひどい孤独を感じた。

このとき以来現在に到るまで、いつの間にやら六十年以上の時が過ぎたが、その間ドストエフスキーは、終始一貫して、私がもっとも愛読する作家のひとりであり続けている。もちろん、『罪と罰』以外の小説ばかりでなく、エッセーや書簡までくまなく読んでいるが、彼とのこのようなかかわりの根底には、『罪と罰』とのこの最初の出会いの体験が生き続けているようだ。彼の作品を読んでいるときだけではなく、彼についての文章を読んでいるときでさえ、時としてこの体験が甦る。

薄暗い自分の部屋の気配や、目の前の訳本の二段組みの文字や、キラキラと光りながら流れていく河面の姿や、私をとらえていたあの感触が、時にはかすかに、時にはふしぎななまなましさで甦るのである。

このようなドストエフスキーとのかかわりが私に啓示してくれたのは、魂の存在ではないかと私は思っている。ドストエフスキーが描く人物は、単なる生理的物質的存在ではなく、単なる心理的存在ではなく、単なる社会的存在でもない。ラスコーリニコフはあの犯行を通して、彼が見失っていた魂と出会ったのだが、彼ばかりではない。ドストエフスキーが描くどの人物も、それぞれのやり方で、それぞれの道を辿って、おのれの魂に向き合わせられている。そして、そんなふうに魂と向き合うことが、彼らそれぞれの運命と化していると言っていい。

だが現在、われわれにとって、魂ということばが、どれほどのリアリティを持っているだろう。人びとは、複雑になり、多様になり、過激になり、厖大な情報をかかえ込んでいるが、その度合が増せば増すほど、魂は人びとから遠ざかってゆくようだ。こういう状態では、人びとは、それぞれの運命さえ持つことは出来ないのである。

母と子について

三年ほど前から、ある美術誌に、「私の空想美術館」と題する文章を連載している。これまでの生涯のさまざまな時期に私の眼と心に深く刻みつけられた絵画、彫刻、建築その他を、毎月一点ずつ論じてきたのだが、今月は、オノレ・ドーミエの『洗濯女』をとりあげた。ドーミエと言えば、人びとはまずたいがい、辛辣きわまる政治諷刺、社会諷刺につらぬかれた彼のかずかずの石版画を想い起こすだろうが、これは石版画ではない。一八六三、四年頃、彼の五十代半ばに描かれた油彩画だが、石版画以上に、この画家のもっとも奥深いところにあるものが、実に自然に、のびやかに立ち現れているようだ。

ドーミエは、一八四五年から、セーヌ川にあるサン＝ルイ島の、アンジュー河岸通り九番地で暮らしている。この島の岸には、「洗濯船」と呼ばれるはしけが、共同の洗濯場として何艘もつながれていた。近隣の女たちが洗濯物をかかえてそこに行き来する姿は、ドーミエにとってごく親しい日常的な眺めだっただろう。ドーミエのこの絵は、夕方、洗濯を終えた若い母親がおさない子供の手を引いて岸への階段を上ってくるところを描いたものだが、日常の一情景のスナップというたぐいのものではない。体格のいい母親が、左手で洗濯物をかかえ、子供の方に少し身をかがめ、日々の仕事で鍛えられた太い右手をのばして子供の手を引いている。そういう彼女の姿には、逆光でかげになった横顔にしても、その身のかがめ具合にしても、手ののばし具合にしても、すべてすみずみまで、がっしりとした存在感につらぬかれた母親の情愛がしみとおっている。ここでドーミエは、意識していかにも母親らしい姿を描こうとしているわけではない。現に在る彼女の姿への直視がおのずから彼女のなかの母性を透視しているようなところがある。

子供に関しても同様のことが言える。まだ筋肉がついていない彼は、母親に手を引かれながら、彼にとっては段差のありすぎる階段を必死になってのぼっているが、彼の動きには、心細げなところはまったくない。そのすみずみまで、母親に対する全身的信頼が見てとれる。彼は、母親の手から、刻々と生命の力をえているようだ。母親の手にちょっと触れているだけで、彼は、すっかり安心し切っている。このパリの平凡な母と子は、単なる日常をこえて、母と子とのかかわりそのものを聖化していると言っていいだろう。

私がはじめて、ドーミエのこの作品に接したのは、まだ大学に通っていたときのことだ。たまたま手にしたフランス版の薄っぺらな画集で眼にしたのだが、そのとき受けた静かな感動はよほど深く私の心に刻まれたらしく、以後五十年あまりを経た現在でもなお、鮮やかに甦るのである。もちろん、その後さまざまな画集で見ているし、ルーヴルでも何度も見ている。そしてそのたびに、その独特の美しさに感動を新たにしたものだ。そういうことがあったから、今度の連載でとりあげることにしたのだが、久しぶりに彼の画集を開き、この絵を眺めたとき、思いがけぬほど強く心を動かされた。こういう経験を重ねてきたから心を動かされるのは当然だが、そういうことだけでは片付けられないようなところがあった。いったい何のせいだろうとあれこれ思いあぐねていたのだが、そのうち、これには、近頃次々と起こる母と子をめぐる無残な事件がかかわっているのかも知れぬと思い当たった。こういう出来事が起こるたびに、驚いたり心を痛めたりしていたのだが、こんなことにもだんだんと慣れてくるものだ。だが、そんなふうに思ってはいても、実はそれが私の心の奥深い部分に重くのしかかっていたらしい。久しぶりに見たドーミエのこの絵が私の心のそういう部分を強く照らし出したのだろう。

もちろん、父親が子供を殺し、子供が父親を殺す事件も次々と起こっている。それはそれでいたましい限りだが、母親と子供の場合の方が、いっそう私には気にかかる。おそらくそれは、母親という存在が、単にひとりの子供の母親というだけではなく、われわれすべてを生み出す根源的な生命とつらなり、それを体現しているからだ。母親が子供を殺すのも子供が母親を殺すのも、単なる殺人ではなく、このような根源的な生命の持続を絶つことなのである。

このことに関していまひとつ気にかかるのは、その動機や方法に、何か異様な変質が、少なくとも変質のきざしのようなものが感じられることだ。この種の出来事はおそらく人類が生まれて以来起こっていただろうが、その動機にも方法にも、われわれが多少とも追体験できるような、それなりに切迫した事情があった。だが、最近の出来事には、時としてそういう追体験を拒むようなところがある。これはわれわれを生み出し支える生命感の異常な稀薄化と通じるのである。

書について

　数年前、亡くなった母の遺品を整理していた末弟が、「兄さん、こんなものが残っていたよ」と言って、掛軸を二本持ってきてくれた。見ると、私が小学四年生のときと五年生のときに書いた書軸であった。ひとつは出典はわからないが「天地之公道」ということば、もうひとつは「少年易老学難成」に始まる朱熹の有名な七言絶句である。もちろんまだ稚い字だが、十歳か十一歳の子供が書いた字としては悪くはない。ニヤニヤしている弟に「立派なものじゃないか。ひょっとするとぼくは天才かもしれないぞ」などと言いながら眺めているうちに、かつてそれらの字を書いていた頃のさまざまな思い出が油然と心に浮かんだ。

　当時私は京都で暮らしていたのだが、母と親しかった近くの病院の院長夫人が書に熱中していた。単に見るだけでなく、週一回、京都ではなかなか知られたある書家を自宅に招き、同好の士、十数人とともにその指導を受けていたのである。その夫人がたまたま家を訪ねて来たとき、私が小学校で書いた習字を見せた母に「とても筋のいい字だから、是非家に来させなさい」というようなことを言ったらしい。次の週から早速その集まりに通うことになったのである。仕方がないから、揃えてもらった筆や墨を持って出掛けたのだが、行ってみると、まわりは四十、五十のおとなばかりで（七十をこえているような老人さえいた）、気づまりなことおびただしい。これからここに通うのかと思うと何ともうんざりした。

だが、ふしぎなことに、何度か通ううちに、これがだんだんいやではなくなってきた。私は、夕食をすますとすぐ出掛けたから、たいていまだ誰も来ていないのだが、誰もいないガランとした広い部屋でひとり墨をすっていると、やがてかすかな墨の匂いが、辺りに立ちこめてくる。その匂いに身を包まれていることが、いかにも快いものに感じられてきた。字を書くことについても同様である。先生が書いてくれたお手本を真似て書いたものを持ってゆくと朱筆で直してくれる。私は、それに気をつけながら、また書いて持ってゆく。時には先生が私をうしろから抱きかかえるようにしながら手をそえてくれたりもした。

もちろんこれは、おさない私だけが受けた特別サーヴィスだったのだが、そういう経験を重ねるうちに、ほんの少し直したり手を加えたりすることで、字の形が整い、バランスがよくなることがわかってきた。それぱかりか、字のひとつひとつがまるで小さな生きもののように見えてきた。そして、字と私とのあいだにある親密な結びつきが生まれたと言っていい。

この集まりは、毎年暮に、近くのかなり大きな画廊で展覧会を開いていて、私の二本の書軸もそこに出したものだ。自分の書がおとなたちのものと同様立派に表具されていることが何とも晴れがましく、それに近付こうともせずにすみの方で小さくなっていたが、いつも少々気になっていた口数の少ない七十老人が、そういう私を、わざわざ手招きしていっしょに私の書のまえに行き、「とてもいい字だよ。これからも是非、書をお続けなさい」と言ってくれた。

老人のすすめにもかかわらず、中学の入試が迫っていたためにそれきり出なくなったが、この二年ほどの経験は、私の記憶の奥深いところに刻みつけられている。単に刻みつけられているばかりではない。文字と私の結びつきそのものを、あるみずみずしい感触として、現在に到るまで支え続けているようだ。筆を持つことは少なくなったが、万年筆で書いていても、筆で書いていたときの、しなやかで自由で、微妙に表情を変える感覚が、さまざまな形で甦る。そこでは、文字は単なる記号ではなくなり、「言霊」に支えられた生きた存在となっていると言っていいだろう。私のおさない頃のように、現在、習字が必須科目となっているのかどうかは知らないが、文字ばかりかわれわれの思考そのものも記号化し抽象化してしまっていることを考えると、習字はそれから身を守るためのきわめて効果的な手段となりうるだろう。筆で文字を書くことで、われわれは、文字を生み出した生命の動きに触れるのである。

そういうわけで、これは私にとって大変なつかしく、また大切な書軸なのだが、何しろ七十年近く昔のものだ。表具はいたんだりはげたりしているし、紙そのものも、しみが出来たりかびたりしている。友人に見せたところ、同情して、いい表具師を頼んでくれた。先日、それが出来あがって来たのだが、まことに見事な表具であった。馬子にも衣装とはよく言ったもので、私の字までずいぶんよく見える。いろんな人に見せていばっていたが、いばりついでに、今出ている私の著作集の月報にのせてもらうことにした。

連句について

私も同人のひとりである「歴程」というグループでは、ずいぶん昔から、毎年夏、地方で「歴程夏の詩のセミナー」なるものを開いている。同人ばかりでなく一般参加の人も交えた五、六十人ほどで、二泊三日で宿に泊まり込み、講演や詩の朗読を楽しむのである。これまで、馬籠、軽井沢、草津、銚子などで開かれてきたが、五年ほどまえから、私が館長をしているいわき市の草野心平記念文学館が会場、市内の湯本にある古滝屋という温泉ホテルが宿ということになり、今年も八月二十四日から二十六日まで開くことに決まっている。

昔は、昼間の行事が終わり、夕食を済ませたあとは、同室の者同士で話し合ったり、あるいは、話をききたい同人の部屋に押しかけて、酒を飲んだり議論を吹っかけたりしていた。ふだん寝不足気味の私は、たいてい夕食が終わるとすぐ部屋に戻って寝てしまったが、よくこういう濫入者によって深夜にたたき起こされ、明け方まで酒を付き合うことを強いられたものだ。だが、会場がいわきに移ってからは、いささか様変わりした。もちろん、昔通り、酒を飲んだりおしゃべりを楽しんだりしている人もいるが、かなりの数の人びとが、自作の詩を持ち寄って朗読したり批評し合ったりするグループと、連句を巻くグループとにわかれ、二夜にわたってそれに熱中しているのである。

詩人や詩人の卵の集まりだから、自作詩についてそういうことをするのは当然だが、連句を巻くなどということはかつては考えられなかったことだ。これは、同人のなかに、連句に精しいばかりではなく実際に連句を巻くという経験を重ねている人が何人もいたせいもあるだろうが、彼らはこういう人びとに誘われて、単なる物珍しさから、このグループに加わったというわけではないようだった。俳句のように一句だけで独立した形式ではなく、他人の作った句にぴったりと寄り添いながら新しい情景、新しい感情を展開していくという連句の特質が、彼らそれぞれの詩意識にみずみずしい刺激を与えたということもあるようだった。私もたいていその席に加わったが、連句にはまったくの初心者だと言っていた人が、しばらくするとこの連句の流れのなかにのめり込んでゆく様子がはっきりと見てとれたのである。

それで思い出すのだが、一九七三年の秋、当時パリで暮らしていた私に、友人の大岡信が、石川淳、安東次男、丸谷才一の諸氏と巻いた「歌仙」（連句の一種で、三十六句から成る）を書き送ってくれた。読んでみるといずれもよく知っているこれらの諸氏の表情や話しぶりまで生き生きと浮かんできて実に面白い。毎日読み返して楽しんでいたのだが、たまたまある日、俳句を愛読し（もちろん仏訳によってだが）、俳句に倣ったごく短い詩形の詩を書いているフランス人の若い詩人が遊びに来た。何やかやしゃべっているうちにふと思いついて、連句の約束事のあらましを説明したうえで例の歌仙を即席で訳してきかせたのだが、彼は何ともけげんそうな顔をしている。詩を作るとは個人の孤独な作業であるという考えが骨身にしみついているから、連句という詩の共同制作自体が理解出来なかったらしい。仕方がないから、比較的彼にも理解しやすいと思われるいくつかの個所をとりあげて、そこでの連句の運びを多少こまかく説明したのだが、きき終わった彼は、「わかった。いやまだわかったとは言えないのかも知れませんが、でも面白いですね。エクサイティングです。それにしても、信じがたいな、こんな詩があるとは」と言い、あとは頭をかかえて黙り込んでしまったものだ。

このフランス人に限らない。私の若年の頃はわが国でも一般の人びとの連句に関する知識はなきに等しかった。もちろん、学者その他でていねいに読んでいる人もいただろうが、実際に連句を試みている人などお目にかかったことがない。だが、ここ三十年ほどのあいだに、わが国の連句人口は、急速にその数とひろがりを増しているようだ。もちろん何となく流行に乗ったということもあるだろうが、それだけではあるまい。この流行の奥には、意識や感覚の孤立と不毛に追いつめられた人びとが連句のうちに他人と共に生きる場を見出そうとする動機が働いていると見るべきだろう。それが「歴程」の集まりにまで及んだのである。

ところで、この「歴程」の連句では、毎回私が発句を出すことになっている。まえもって出しておいてくれということなので、せんだって「秋もやゝ滝に華やぐ人の声」という句を渡した。ごくふつうの叙景句のように見えるかも知れないが、実はそれだけではない。「滝」とは、宿である「古滝屋」を踏まえており、「華やぐ人の声」とは、セミナーに集まった人の声への挨拶である。この句からどんな連句が展開するか、まことに楽しみである。

モノローグについて

もう二十年ほど昔のことになるが、ある雑誌の座談会で、作家の後藤明生が、吉本ばななの作品について、その作品には「はっきりいって対話がないですね。要するにモノローグなんですよ」と評していた。そしてさらに、これは、吉本ばななだけではなく彼女を含めた若い世代一般に共通する特質であるとして、こんなふうに述べるのである。

「それぞれがモノローグをやっている。そのモノローグを認めるところがそれこそ若い人たちの不思議な、彼ら独特の世代的な暗黙のやさしさみたいなものなんです。彼らはそれをたぶんやさしさといっているんじゃないかと思う。君はそういうモノローグだよね、僕はこうなんだよね、ということで、お互いに絶対相手を否定せず、対立しない。相手のモノローグを認めることが、自分のモノローグを認めてもらうことだからね。関係じゃないんですよ。関係にならないモノローグという気分を書いていますね。だから非常に気分的ですよ」

この座談会を読んだ頃、私はまだ大学で教えていて、「コンパ」その他でしょっちゅう学生諸君と付き合っていたから、後藤氏のこのような感想はよくわかった。そういう場所での彼らのやりとりはまことに社交的であって、若年の頃の私が身を委ねていたような、相手を傷つけることがそのまま自分を傷つけることであるような激しい議論などまったく聞かれない。これは彼らが当たりさわりのない会話に終始していたということではない。しゃれたせりふや皮肉やユーモアが飛びかい、時としては、後藤氏の言う相手の「モノローグ」の領域をおかしかねぬきわどいせりふも飛び出すのだが、危ういところでスルリと身をかわすのである。昔とは変われば変わるものだと少々感心さえしながら聞いていたのだが、そのうちにだんだん苛々してきた。彼らのあいだには、社交性はありあまるほどあるが、互いに反目するにせよ同調するにせよそのことによって人間と人間とが結びつく「関係」が、そういう関係によって成立する社会性が、ふしぎなほど欠落しているように感じられたからである。彼らはそれぞれの「モノローグ」を抱いて、あいまいに浮遊しているに過ぎない。彼らは、浮遊しながら時にぶつかったり、結びついたり、重なりあったりするが、それによって彼らそれぞれはいささかも変わることはないのである。

以後かなりの時が過ぎたが、このような状態は、さまざまに屈折しながら、今も続いているようだ。単に続いているばかりではない。さらにそのひろがりを増しているようにさえ見える。二十年まえの座談会のことを思い出したのも、そういうことのあらわれをしょっちゅう目にするからである。これはほとんど「モノローグ症候群」とでも呼びたいほどだが、この症候がこのような感染力をそなえているのは、「モノローグ」に閉じこもり、他人の「モノローグ」を認めることが、人びとに、自分自身をしっかりと保持しているという錯覚を、特に努力することもなく、ごく簡単に与えてくれるからだろう。だが、自分自身とは、そんなことで手に入れられるわけのものではあるまい。他人に対して身を閉じればごく自然にわがものとしうるようなあいまいな代物ではあるまい。われわれは、友情とか、恋愛とか、親子関係とかいった、他人との濃密な関係にのめり込むことによって自分をつかむのである。その際、この関係は、必ずしもうまくいっている必要はない。反撥や敵意を、時には殺意をはらんでいても構わない。いずれにせよ、このような関係に深入りするにつれて、それまでなんとなく自分だと思い込んでいたものの奥から、もうひとりの自分が身を起こしてくる。単にもうひとりの自分というだけではなく、見も知らぬ自分が、時には異形の存在であるような自分が立ち現れてくる。そしてこのような自分自身と他人との、さらには他人を通しての世界との、新たな関係が、われわれを、絶えず自分自身を乗りこえることによって成就される自己確立の運動に導いてくれるのである。

その点、「モノローグ」に閉じこもっている人びとは、言わば自分という幻を後生大事にかかえ込んでいるようなものだ。その自分は、他人との関係を通して練りあげられ鍛えあげられたものではないから、そこには、自分自身を乗りこえるという動機が決定的に欠落している。彼らの自分に見られる変化らしきものは、結局のところ、時代や世相の気分の反映に過ぎないのである。そういう意味では彼らは、きわめて受動的な敏感さをそなえているのだが、これは彼らが行動を起こさぬということではない。彼らにとって不可欠の道具は「パソコン」らしいが、「パソコン」へのちょっとした「書き込み」によって、暴動めいたものが起きたり投書が殺到したりするらしい。「モノローグ」とこういうこととの結びつきは、あまり気持ちのいいものではない。

終末感について

今年の夏は、本当に暑かった。私は、夏のまっ盛りに生まれたせいか（八月十五日の生まれである）、「まったくなんという暑さだ」などと人並みに文句をつけはするものの、実は夏の暑さはそれほどきらいではなかった。それどころか、ギラギラと照りつける夏の陽ざしが人びとの生命力をむき出しにしていることにある快感さえ感じていたのである。だが、今年の夏の暑さには、そんなふうにのんきに片付けることの出来ぬ何か異様なところがあった。

あの強い陽ざしは、人びとの生命力をむき出しにするどころか、人びとからも、物からも、建物からも、街路からも、樹々からも、刻々に生命力を吸い取っているようだった。人びとはいかにも夏らしく、あるいは白い、あるいは鮮やかな赤や青の衣裳を身につけている。樹々の梢は、艶々とした深い緑の葉群をひろげていた。だが、眺めていると、それらはすべて、たちまちのうちに妙に白茶けていくように感じられてきたのである。それは、人も樹もあまりの暑さに参っているというのとはいささか趣きを異にする不安な感触だったのだが、私には、その感触が、いったい何に由来するのかよくわからなかった。ただ、以前どこかで同じような眺めを眼にしたことがあるようで、それが妙に気にかかった。あれこれ記憶を探っていたのだが、突然、それが、私が実際に見た風景ではなく、五年まえになくなった友人の作家日野啓三が昔、「林でない林」という短篇で描いていたものであったことを思い出した。

この短篇の主人公は、かつて何度かヴェトナムを訪れたことのある新聞記者なのだが、彼はヴェトナム戦争のときに見た、枯葉剤のために白い柱のごときものと化したゴムの林をこんなふうに描いている。

「人間のどんな感情も無意味に溶かしこむその濃すぎる闇が、かつて豊かなゴム園だった林の一本一本の幹のまわりまでとろりと流れ澱んでいて、離れて眺めていたときは風化しかけた粗い骨のように見えた枯木の一本ずつの肌が、目の前にすると、最上質の大理石が内側から照らし出す微妙に色づいた妖しい白さである」

そして、現に彼が暮らしている東京の、全体的に奇妙に白っぽくなった姿を、こんなふうに描き出すのである。

「その目には、腐蝕性の、もしかすると致死量の白い粉が、排気ガスのこもる紫色の空一面から、街々の上に、私たちのなかに、音もなく降るのが見える。

遠からず、建物だけでなく街路樹も公園の木々も、住宅の生垣も、艶があせ、精が涸れ、ざわめきも気配も消えて、白々と無機質化するだろう。林でなくなったあの林のように」

日野啓三がここで書いているのは、今年のような酷暑の東京ではないが、この暑さのなかで彼の文章を思い出すと、それは、私の奥深いところを、いっそう不安に揺り動かし始めるようだ。「白々と無機質化」しながら陽に灼かれている東京のイメージは、私に、ある終末感とでも言うべきものを感じさせるのである。

もちろん、何もかもが生気を失っているわけではない。女子高校生らしいグループが、暑さなどとは何のかかわりもないように、身体を折ってケタタマシク笑いながら歩いてゆく。プール帰りらしい小学生たちが、水泳道具を入れた袋を振りまわしたり、互いにコヅき合ったりしながら、歩いてゆく。運動選手らしい若者が全身汗にまみれながら走ってゆく。いずれも昔から見なれた夏の眺めなのだが、なぜか私には、そのうえに、「腐蝕性の、もしかすると致死量の白い粉」が、絶えず降りかかり続けているように感じられたのである。それは、ただ単に、人びとから生気を奪うばかりではない。人びとを、生という動機を持たぬ、何らかの具体的な目的も感じられぬ、奇怪な行為に導くことにもなっているようだ。

私は、たまたま眼についた喫茶店に入り、寒いほど冷房のきいた室内で、ぼんやり外を眺めていたが、乱暴にドアを押しあけて、汗にまみれた中年の男が二人入って来た。「ああ、ここは涼しいや」「まったく何てクソ暑いんだ」などと言いながら、ビールを飲んでいたが、そのうちひとりが、どういうわけか声をひそめて、「これも地球温暖化のせいかねえ」と言い出した。「そうなんじゃないの。北極の氷が猛烈な勢いで溶けてるって話だよ」「これからどうなるのかね」「さあねえ。でもおれたちが生きているあいだくらいはもつんじゃないの」「もってくれなきゃな」。それから彼らは、妙に大きな声で笑い出した。

祭りについて

私は、愛知県の三河湾沿いにある小さな町で幼時を過ごしたが、まことに祭好きの土地柄だったらしく、毎年、秋も深まった頃に行われる秋祭りは、この町の規模をはるかに上まわる大がかりなものだった。たとえば、直径一メートル以上もありそうな大太鼓やいくつもの小太鼓をのせた山車が、十台近くも繰り出すのである。

夏が終わると、祭りにはまだずいぶん間があるのに、ほとんど毎夜のように、町外れの鎮守の森から、若者たちが太鼓の練習をする音がきこえるようになる。ドンドンと腹に響く音が一しきり続いたと思うと、太鼓の縁を打ち鳴らすカチカチという硬質の軽やかな音に移り、次いで再び太鼓が猛烈な速さで打ち鳴らされる。それからしばらくシンとするが、気を取り直したようにまた始まるのである。

祭りが近付くにつれて、練習は熱気を増していったが、それればかりではない。町全体の雰囲気も、この太鼓の音にかき立てられるように、時とともに、ゆっくりと、だが否応なく祭りに向かって集中していくのが、はっきりと感じられた。叔母たち、従姉妹たち、近所の女の子など、日常接する女性たちは、祭りには何を着るかとか、誰を食事に招ぶかとかいったことを、あるいは大声で、あるいはヒソヒソと飽くことなく語り合うのである。男たちはさすがにあまりその種の話はしないが、その生き生きとしたまなざしには、彼らにあふれている期待や楽しみがおのずから立ち現れていた。こんなふうにして、人びとを包む熱気は、刻々にその度合いと密度を増し、祭りの当日には、まさしく発火点に達していたのである。

しかも私の場合、その日は単なる祭り見物の日ではなかった。他の数十人の少年たちといっしょに、太鼓ののった山車を太い綱をつけて引っぱって歩くという大役を与えられていたのである。私は朝早く起きて風呂に入ったあと、白いはっぴを着、首には大きな鈴がいくつもついた首飾りをぶらさげ、逆さ鉢巻きをし、白足袋をはき（これがきまりの衣裳である）、薄化粧までしてもらって、通りに飛び出した。晩秋の朝のひんやりとした気配も、足袋はだしで踏みしめる硬い大地の感触も、何とも快く、私はほとんど恍惚としながら、山車が集まっている小学校の校庭にかけつけた。

やがて時刻が来て、われわれは太い綱を肩にかけて、山車を引っぱり始めた。太鼓わきの若者が、何か叫んだと思うと、激しく太鼓を打ち鳴らし始めた。山車は、最初はとても動きそうにないように思われたのだが、いったん動き始めると、ゆっくりとではあるが、案外スムースに動いてゆく。校門を出て、町の目抜きの通りの方へ向かう。だんだん見物人も多くなり、誰かはわからないが、私に呼びかける人もいる。私は肩を押しつける太い綱のザラついた感触や、生くさいようなこげくさいような奇妙な臭いを感じながら、まことに得意であった。時折、山車を止め、山車のうえに乗った若者が、蛇のように身をくゆらせながら、太鼓を乱打する姿を見あげる。彼らは、あるいは八百屋の若主人であり、あるいはガラス屋の店員だが、ふだん、店先で見る姿や表情とはまったくちがっている。激しい苦痛に耐えてでもいるように眉根を寄せて眼を閉じ、あるいはカッと眼を開きながら、奇妙な鳥の声のようなかけ声をあげる。彼らの背後では、太鼓のうえに立てた赤や白の造花が、青い空にくっきりと浮かびあがっており、私は、自分が日常とは異なる不思議な世界に、そこでは八百屋の若主人も、ガラス屋の店員も別の人間に変わってしまっているような世界に、突如として入り込んでしまったような思いをした。

止まったり、また動いたりして、数時間町中をめぐったあと、われわれの仕事は終わり、お菓子や寿司をもらって解散ということになったが、私は、不思議な夢から覚めたような思いをした。そして自分が入り込んでいた世界とくらべて、こうして戻って来たいつも通りの日常が、何とも味気ないものに感じられたのである。

それにしても、もう七十年以上も昔のことになるこういう祭りの記憶が、私のなかで、このように、細部に到るまで生き生きと生き続けていることには、われながらいささか驚かざるをえない。それだけ印象が強かったと言えばそれまでだが、それだけでは片付けられないだろう。つまりあの時代には、町全体が祭りに集中することが、私のようなおさない子供までが祭りのなかに別世界を見出すことが可能だったのである。もちろん現在も祭りはあり、かつては考えられなかったほど大規模なものもあるが、人びとがそれに全身を委ねるには、他の刺激が多すぎるのである。現在の少年少女は、祭りに関して、どのような記憶を育むであろうか。

歴史について

私が京都一中に入学したのは、昭和十五年の四月。国をあげて「皇紀二千六百年」の祝賀に浮かれていた時期だ。一方、中学を卒業したのは、昭和二十年の三月。原子爆弾投下や敗戦を、数カ月後に控えた時期である。つまり、私が中学にいた五年間は、わが国が、ある有頂天の状態から、悲劇的な破局へと、猛烈な勢いで追いつめられていった時期と、ぴったりと重なり合っていたわけだ。単に重なり合っていただけではない。私は、時代のこのような激しい移り変わりを、少年期から青年期へ入っていこうとする不安に揺れ動く移り変わりの年頃に、ある切迫したかたちで経験したために、このふたつの移り変わりが、互いが互いを強め合い、お互いのうちにさまざまな屈折を生み出しているようだ。そういうわけで私は、歴史に対して、時としては収拾がつかなくなるほど敏感であることを強いられていたのである。

もちろん、歴史に対して敏感であるとは、必ずしも、さまざまな社会情報政治情報に対して鋭く反応するとか、歴史書その他の歴史論述に人一倍目を配るということではない。そういうこともないとは言えないが、中学生が歴史家ぶってみたところでたかが知れている。ただ、私には、威勢のいいかけ声とは裏腹に、社会全体が、否応なくある下降運動に巻き込まれてゆく気配が、むきになればなるほど気持ちが沈んでゆく感情の動きのようにはっきりと感じられた。親戚や知人の応召や戦死の報せ。圧倒的に攻めのぼってくる連合軍の反攻。爆撃のために赤く染まる大阪や神戸の夜空。そういう状況のなかでも例年と変わることなく咲き乱れる桜。そういったことが私のなかに生み出した、吐き気を覚えるような、なまなましい間近な死の予感。こういったものがひとつに結びついて、知識ともイデオロギーとも異なる、ある生き生きとした感触としての歴史感覚を私のなかに育んでいたようだ。もちろん、これは、私だけの特殊な経験ではない。さまざまな人びとがさまざまなときに、さまざまなかたちで味わってきたことだろう。ただ私の場合、それをきわめて危ういかたちで経験したとは言いうるだろう。

そういうことがあるものだから、せんだって、たまたま慈円の『愚管抄』を読んでいたとき、こんな文章にぶつかり、まことに鮮やかな印象を受けた。

「サテモ〳〵コノ世ノカハリノ継目ニムマレアイテ、世ノ中ノ目ノマヘニカハリヌル事ヲ、カクケザ〳〵トミ侍ル事コソ、世ニアハレニモアサマシクモヲボユレ」

もちろん、中学生の私がこんなことを思ったわけではないが、確かに私も「コノ世ノカハリノ継目」に生きていたのである。そして「世ノ中ノ目ノマヘニカハリヌル事」をおさないながらに「ケザ〳〵ト」見ていたのである。「世ニアハレニモアサマシクモヲボユレ」などといったおとなびた感想を洩らしはしなかっただろうが、私なりに精いっぱい、全身的に反応していただろう。そしてこの経験が、私の歴史感覚を生み出し、それを奥深いところで支えているのは疑いのないところだ。

そして、そういう歴史感覚から見ると、現在、人びとの歴史感覚は、ひどく鈍麻したように感じられる。敗北という大事件は、人びとを、まさしく「コノ世ノカハリノ継目」に立ち会わせたと思われるだけに、これは奇妙な話だ。このことは、人びとがそれまで身を委ねていた国家観、人間観の大幅な変質を強いてもよかった。そのことはまた、一挙に、政治的社会的体制の根底的な変化をもたらしてもよかった。そしてそのことのひとつひとつが、人びとの歴史感覚を鋭く刺激し、人びとの思考や感覚にさまざまに屈折した複雑な表情を生み出したはずなのである。だが、残念なことに、どうもそういうことにはならなかった。

人びとは、かつてはそれなりに信じ込んでいたはずのいわゆる「皇国史観」をいとも簡単に捨て去ったあと、突然あてがわれた「自由主義史観」や「左翼史観」に、これまたいとも簡単に飛びついた。単に飛びついたどころではない。生まれたときからそんなふうに考えていたと言わんばかりの何とも楽天的な顔つきでまくし立てていた。おさない私に、彼らをやりこめることが出来るような独自な歴史観があったはずもないが、ただ私のなかで生きているあの歴史感覚が、彼らの軽薄で単純な歴史観に、一種の侮蔑の念をもって激しく抵抗したのである。その後、自由主義史観も左翼史観も、急速にかつての力を失ったが、そのことによって人びとは、歴史の動きそのものにじかに触れることが出来るようになったわけではない。人びとは、幸いにして戦後六十年あまりものあいだ続いたぬるま湯のような平和のなかで、歴史とはとても言えぬのっぺらぼうな時間を楽しんでいるようだ。

雪について

私は、愛知県の三河湾ぞいにある小さな町で生まれた。小学校の一年のときまでここで過ごしたのだが、この辺りはごく温暖な土地であって、雪などはめったに降らなかった。南国というわけではないのだから、時たまチラチラと空を舞うくらいのことはあっただろうが、雪が降りしきっている情景も、白く積もっている様子も、この町の眺めと結びついた記憶として心に浮かぶことはないのである。この町とかかわりのある唯一の雪のイメージは、医者をしていた母方の祖父の家の患者待合室にかかっていた、雪景を描いた大きな版画である。もちろんおさない私にこの絵の時代も作者もわかるはずがないが、白く雪に蔽われた家並みも、降りしきる雪も、私に実際の雪の経験がほとんどなかっただけに、かえって魅力的に感じられた。私は、患者がいない休日や昼食時によくその待合室に出かけてこの絵を楽しんでいたのである。

　私がこの町から京都に転居したのは、一年生の二学期、秋が終わりかかっていた頃のことだ。私は、愛知県とはずいぶんちがう京都の自然や人情に、戸惑いながら精いっぱい反応していたのだが、やがて経験した京都の雪は、私にそういうちがいを端的に示してくれたと言っていい。その年の暮れだったか、年が明けてからだったか、よく覚えていないのだが、ある夜おそく、手洗いに起き、半分寝ぼけながら冷たい廊下を歩いていたときのことだ。ふと気がついたのは、辺りが異常なほど静かであるということだ。これは、それまで私が味わったことのない奇妙な感触であって、不思議に思って庭に面した廊下のカーテンを開けてみたのだが、外を見てびっくりした。夕刻見たときはまったくその気配もなかったのに、いつの間にか降り始めていたらしく、庭木も、石燈籠も、庭石も、白く雪で蔽われ、灰色の影のような雪が、音もなく降り続いていたのである。そして、それに対する私の反応は、自分でも思いがけぬものだった。一枚ガラスの重いガラス戸を開け、庭下駄もはかずに、スリッパのまま庭に飛び出した。何かことばにもならぬ声をあげていたような気もするが、もうよく覚えていない。そのあと私は、顔に降りかかる雪の冷たい感触に快感のようなものを感じながら、音もなく降り続ける雪や積もった雪を眺めていたのである。

このとき私は言わば無垢の状態で雪と出会ったと言っていいだろう。以後私は、旧制高校を卒業するまでの十数年を京都で過ごしたのだが、そのあいだに私は、実に多種多様な雪景を見た。東方に聳えている比叡山の姿もほとんど見えなくなるほど、ただひたすら降りしきっていたことがある。夜の祇園の裏通りを、無数の灰色の雪片が、時折チカチカ光りながら舞っていたことがある。くろずんだ家並みと屋根に積もった白い雪とが微妙なハーモニーを生み出していたことがある。その他さまざまな雪景が、記憶の底からひしめき合うように身を起こしてくる。そういう動きに身を委ねていると、さらにその奥から、あのはじめて見た京都の雪の記憶が浮かびあがるのである。もちろん、雪国で生まれ育った人には私とはまた異なる雪の印象があるだろうが、そこでは雪は、圧倒的な存在感で人びとに迫り、人びとを包みはしても、私が京都で眼にしたような、多彩な深い表情で人びとを誘い、人びとに語りかけることはないのではなかろうか。これは、戦後になって人から聞いた話だが、ある冬、京都を訪れた若いフランス人が、たまたま雪景色を眼にして、こんな美しい雪景色はこれまで見たことがないと感嘆し、そのまま京都に住みついたということだ。彼が見たのが、京都のどこの、どういうときの雪なのかわからないのは残念だが、いかにもありそうな話だと思わせるところが京都にはある。

私は日本各地の雪をくまなく見ているわけではないから、雪は京都に限るなどと言うつもりはない。ただ京都という町で、雪が実に多彩で複雑な表情を示していることは確かだろう。その点、去来が『去来抄』のなかで、凡兆の「下京や雪つむ上のよるの雨」という句に関して伝えている挿話はまことに示唆的である。弟子たちが芭蕉を囲んで句作を試みていたとき、凡兆が「雪つむ上のよるの雨」という部分をまず作ったのだが、初五が決まらなかった。その場にいたものたちがあれこれ案を出したが、どうもぴったりしない。結局、芭蕉が「下京や」と決め、凡兆に「兆、汝手柄にこの冠を置くべし。若《もし》まさる物あらば、我二度《ふたたび》俳諧をいふべからず」と言ったのである。「下京」とは京都の南部、町人や職人が多く住む地域だが、「雪つむ上のよるの雨」というイメージは、下京であってこそ生かされる。「よるの雨」に溶かされていく雪の姿も雪の新しい表情であり、それを「下京」という地域の特質と結びつけることで、雪は具体的に生き始めるのである。

おさな心について

この一月、いわき市の湯本に、野口雨情記念童謡館が開館した。「野口雨情記念」と銘打っているところから見てこの町が彼の生まれ故郷なのかと思われるかも知れないが、そういうわけではない。若年の頃、何年かここで暮らしたことがあるというだけのことだ。にもかかわらずこういうものが出来たのは、ある篤志家から、雨情の童謡集、楽譜、レコードその他数千点に及ぶ資料の寄贈を受けたことと、建物の提供その他設立に向けた並々ならぬ地元の努力がひとつに結びついたためだが、さらにその根底には、雨情の童謡が今もなお人びとにふるい続けている逆らいようのない魅惑力が働いているだろう。

開館式には私も招かれて、何人かの人びとともに短い祝辞を述べたのだが、そのあと、町の小学生たちや有志の人々が、「七つの子」その他雨情のいくつかの童謡を合唱するのを聴いているうちに、おさない頃のさまざまな思い出が生き生きと甦り、自分でも意外なほど強く心を動かされた。これは、昔それらを歌ったことがあるといった回顧的ななつかしさに留まるものではなかった。もっと深く全身的な感触であって、私は七十年前の自分に一挙に連れ戻されたような思いをした。

あの頃の私にとって、ラジオやレコードから流れてくる雨情のさまざまな童謡のことばやメロディは、日常の不可欠の一部になっていた。それらは、あるいは明るく、あるいは物悲しく、あるいは奇妙な不安をそそり、あるいは陽気な騒がしさに私を巻き込んだ。私は、そういう感情や間隔の動きに身を委ねていることがまことに楽しかったのだが、そればかりではない。あるとき、レコードで「赤い靴」という雨情の童謡を聴いていたのだが、「横浜の波止場から船に乗って、異人さんに連れられて行っちゃった」女の子が、「今頃は青い眼になっちゃって、異人さんのお国にいるんだろう」ということばやメロディを追っているうちに、つい胸いっぱいになり、不覚にも泣き出してしまったのである。そばにいた年若い叔母に、「気性の激しい子なのに、変に涙もろいんだから」とからかわれ、これは何とも恰好のつかぬことだった。

雨情の童謡が、おさない私に対してそれほども強い力をふるっていたことのあらわれだろうが、これは私だけの特殊な好みというわけではない。友人たちと集まっているときや、いっしょに歩いているときに、誰かが童謡を歌い出すことがあったが、そういうとき歌われるのは、まずたいてい雨情のものだった。雨情以外では、白秋のものがよく歌われ、西条八十のものも時たま歌われたが、雨情とはくらぶべくもない。歌われる回数もそうだが、われわれのおさな心に、じかに、しかもまことにやわらかく自然に触れてくるという点でそうなのである。他の者がすぐそれに和するがそれだけには留まらない。一曲終わると、やはり雨情の別の曲が歌われ、さらにまた別の曲が続く。そしてわれわれはこんなふうに歌い続けることに、全身的に快感を味わっていたようだ。そういうわけで、雨情の童謡は私の奥深い部分まで染め上げていたのだろう。七十年前の私を取り巻いていた数多くの童謡をほとんど忘れてしまった現在でも、雨情の童謡だけは、二十曲以上も正確に（これは自分でそう思っているだけかも知れないが）歌うことが出来るのだ。

開館式で雨情の童謡が歌われるのを聴いて、私はこんなことを思ったのだが、そのあと、そう言えば今のおさない諸君には、かつての私にとっての雨情のような存在があるのだろうかということが妙に気にかかった。もちろん童謡は数多く書かれているだろうし、曲もつけられているだろう。すぐれた作曲家が曲をつけた童謡を聴いて感心したこともある。

だが、昔われわれが雨情の童謡を歌ったように、子供たちが、ごく自然に声を合わせて童謡を歌い出し、それが長々と続くといった情景には、ほとんど出会うことがないのである。たまにあったとしても、そこで歌われるのは童謡ではない。コマーシャル・ソングであり、劇画の主題歌であり、いったい彼らには歌詞の意味がわかっているのかと疑いたくなるような、演歌や流行歌のたぐいである。

私は子供たちの歌を聴いて、時としては、その歌いくちの大人びた巧みさに感心する。だが、彼らが、それぞれのおさな心を、どんなふうにしてそれらの歌に託しているのか、首をひねらざるをえないのだ。もっとも、ここに言うおさな心とは子供っぽさではない。現代の社会の際立った特質のひとつは何とも異様な幼児化だが、おさな心の衰退は、世間一般の刻々にその度合いを増す幼児化と相応しているようだ。この幼児化は大人びた計算高さと結びついているために見分けにくいのだが、おさな心を守り育むことは、この幼児化に対する強力な歯止めとなりうるだろう。

未来について

第二次世界大戦は、原子爆弾を生み出したが、これは従来よりもはるかに強力な武器が作り出されたというようなことに留まる出来事ではなかった。原子爆弾においては、爆弾そのものの意味合いが変わっていたのである。この爆弾は、さまざまな爆弾のひとつとして、人間がおのれの意のままに自由に使いうるものではなく、逆に、人間をその支配下に置く存在である。それは、単なる物理的な破壊力をあらわすものではなく、物質の構造そのものを、その安定と持続を、奥深いところから揺り動かすものだ。科学は、その探究のきわまるところ、何とも手に余る怪物を作りあげてしまい、今となってその始末に困り果てているというところだろう。

このことを踏まえながら、ジャン＝ポール・サルトルは、一九四五年に「大戦の終末」

と題する痛切な文章を書いている。そのなかで彼は、原子爆弾の出現によって「今や我々は、この「世界終末の年」L'An Mil へ戻ってしまったのであり、朝起きる度毎に、時代の終焉の前日にいることになるであろう。すなわち、我々の真面目さも、勇気も、善い意志も、誰にとっても意味がなくなり、悪意と邪心と恐怖と相携えて、徹底的な無差別状態のなかへ淪《しず》みこんでしまうような日の前日にあることになるだろう」（渡辺一夫訳）と述べるのである。現在のわれわれには、こういうことばはいささか大げさに過ぎると思われるかも知れぬ。核爆弾とか核武装とかいうことは、習慣化していてかつてのようなショックを与えるものではなくなっており、原子力も、たとえば原子力発電というかたちでわれわれの日常のなかに入り込んでしまっているからである。

だが、原子爆弾がわれわれのなかに生み出したものは、このような習慣化や日常化によって片付くような代物ではない。サルトルは先の引用に続けて「もはや人類というものはない。原子爆弾の監理者となった共同体は生物界の上にある。なぜならば、生物界の生と死との責任を持つにいたっているからだ。その共同体が来る日も、来る日も、一分毎に、生き抜くことを承認してくれなければならぬ。今日我々は、懊悩《おうのう》のなかでこのようなことを感じている」と語っていたが、そういう事情はいささかも変わってはいないのである。

そしてさらに、サルトルは、このようなところまで追いつめられた人類の生き方について、全人類は、「もしそれが生存し続けて行くものとすれば、それは単に生まれてきたからという理由からそうなるのではなしに、その生命を存続せしめる決意を持てるが故に、存続し得られるということになろう」とも語っていたが、このサルトルのことばも私のなかで五十年前と変わることなく何とも苦い響きを発するのである。

これは私だけに限られたことではないだろう。試みにそれぞれが自分自身に、今自分が生きているのは、「単に生まれてきたからという理由」からではなく、生き続けようと決意したからだと言いうるかどうか問いかけてみるがいい。どれだけの人が、そういう決意を確信をもって言いうるかどうか、何とも心もとないのである。そして、そのことには、原子爆弾の投下を同時代的な出来事として経験しているといないとにはかかわりなく、それが人びとの精神に及ぼした危うい力のあらわれを見てとらざるをえないのだ。そして生き続けようとする決意の衰弱乃至欠如は、未来についての人びとのイメージを、ひどくあいまいな、不安定なものにしているようだ。

一昔前、人びとが「バブル」に浮かされていたときは、未来は明るい希望にあふれていた。米国の有名なビルを買ったとか映画会社を支配したとかいうニュースが日々新聞紙上をにぎわし、どこかの「未来学者」が書いた『ジャパン・アズ・ナンバーワン』とかいう本に誰もかれものぼせあがっていた。何とも足が地につかぬその姿に私は苦笑するほかなかったのだが、その「バブル」がはじけ、長い不景気に入ると、今度は一転してすっかりしょげかえってしまう。「地球温暖化」などという現象が加わって、未来は、なんの希望もない闇におおわれたものとしか見なくなってしまう。一見正反対な反応だが、地に足がついていないという点では、両者は深く相通じていると言っていい。現在必要なのは、そういう見かけの現象に一喜一憂することではあるまい。人や物や社会の現にある姿を冷静に見定めたうえで、それに沈着に対応することだろう。未来は、あるいは明るいものとして、あるいは暗いものとしてすでに出来あがっているわけではない。一見明るく見えるにせよ、暗く見えるにせよ、われわれが現在のなかで、それぞれの生存の存続を決意し続けることによって、はじめてざらついた手触りとともに、その存在をわれわれに示すのである。

春について

オランダを出たゴッホが、ブリュッセルで数カ月を過ごしたのち弟のテオのいるパリにやって来たのは、一八八六年の三月のことだが、二年後の一八八八年の二月、突然パリをたち、南仏のアルルに向かうのである。のちに彼は「ちがった光」や「もっと明るい光のしたで自然を眺めること」や「もっと強烈な太陽」などが自分を南仏に引き寄せたと話している。たしかにそういうことがあっただろうが、そればかりではない。彼独特の異常なほどの制作への刻苦とアプサントの乱用による健康の悪化。さらには弟の結婚話がもたらした孤立感などもそこには働いていただろう。単に画業だけではなく、彼の存在全体にかかわる再生への欲求が見てとれるのである。

彼がアルルに着いたとき、まだ春の気配もなく、南仏には珍しく一尺ほども雪が積もっていた。彼は「まるで日本の錦絵みたいだ」と感嘆している。しばらくするとアルルに落ち着いた彼のまわりで、いたるところの果樹園の果樹がいっせいに花を開き始め、彼は憑かれたようにそれらを描き続けた。「果樹」は、アルルでのゴッホの最初の主題となったのである。そしてそれは彼にとって、ただ単に、さまざまな主題のなかのひとつに留まるものではなかったようだ。そうではなくて、彼の存在全体にかかわる再生の象徴と思われたのだろう。

私もそういうことは以前から考えてはいたのだが、それをある生き生きとした感触として感じるようになったのは、私がパリで暮らしていて春を迎えたときのことだ。パリの冬は近くを暖流が流れているため温度こそ東京と変わらないが、緯度は樺太とほとんど同じだから、朝は九時頃まで夜が明けず、午後は三時頃にはもう暗くなる。どんよりとした雲がつねに垂れこめ、時折、刺すような冷たい雨が降る。明るい生の気配などどこにも感じられず、陰鬱な死が、いつ終わるともなく居すわっているように感じられた。そして、そういう死のなかに、春が、一挙にやって来るのである。たまたまある日、散歩に出たとき、前まで気配もなかった春の光が、建物の壁をピンク色に染め、冷たく凍った空が、何ともやさしい表情を示しているのを見て、私はほとんど恍惚とした。それはまさしく再生と言うほかはないものだ。そしてさまざまな花が一挙に咲き始めるのである。私には、アルルでのゴッホの歓喜がよくわかった。

だが、こういう春の迎え方は、われわれの場合とはずいぶんちがう。もちろん、わが国でも、北海道などではこれに似たようなことが見られるだろうが、他の地方はそうではない。まだ暦は冬であっても、まず梅が咲き、桃が咲き、次いで桜の季節がやって来る。寒い日が続いても、「小春日和」と言われるような日がある。そういったことのうちに、汲みおきの水があたたまって来るように、春の気配が次第に強まってくるのである。そして、われわれは、そのようなかたちでの春の到来にまことに敏感鋭敏であると言っていいだろう。

それで思い出すのだが、まだ中学に入ったばかりの頃、たまたま志貴皇子の「石走《いはばし》る垂水の上のさわらびの萌え出づる春になりにけるかも」という歌に出会い、強く心を動かされた。志貴皇子は、天智天皇の第七皇子。この歌は、『万葉集』巻第八「春雑歌」の冒頭「志貴皇子の慶《よろこび》の御歌一首」と詞書きして収められたものである。もっとも『万葉集』を読んでいて出会ったのではなく、ある雑誌に、たしか「春の歌」というタイトルで、他の七、八首の歌とともに、簡単な註解を付してのせられているのを読んだのである。そのためにいっそう印象が鮮明になったということもあるだろうが、そればかりではないだろう。そのとき他にどんな歌があったか何ひとつ覚えていないのに、この歌だけははっきりと覚えている。そればかりか、以後七十年近い時を経た現在でもなお、それを読んだときの、みずみずしい春の気配に全身を包まれるような感触まで、生き生きと感じられた。「垂水」は「滝」、「石走る」は「垂水」にかかる枕詞だが、単なる修辞に終わっていない。石のうえを激しく流れ落ちる水の感触まで、感じられる。「垂水の」、「上の」、「さわらびの」と「ノ音」を三つ連ねていることで、流れ落ちていく水の動性がいっそう強められていると言っていいだろう。このようなことが生み出す効果はまことに無類のもので、春の情景を描写したのではなく、この歌が、春そのものが発することばのような印象を覚えるのである。ここにあるのは「死」と「再生」ではない。「冬」のなかにも「春」は生き続け、それは「石走る垂水の上のさわらび」となって「萌え出づる」。ここにはわれわれ独特の死生観があるように思われる。

文明について

ポール・ヴァレリーは、第一次世界大戦が終わってまだ間もない一九一九年の五月、「精神の危機」と題する痛切な文章を発表している。彼はこの文章を、「われわれ、もろもろの文明なるものは、今や、われわれもまた死を免れぬものであることを知っております」（渡辺一夫訳）という苦いことばで始めているが、この状態は、以後百年近くを経た現在でも少しも変わってはいない。それどころかさらにその危機の度合いを増しているようだ。

彼は、あの大戦の結果として、まず、「数千という年若い作家や芸術家が死んで」いることをあげているが、問題は、そういう意味での人的精神的損失に留まるものではない。大戦という無残な大事件があらわにした、精神そのものの危機が問題なのである。彼は、次いで、大戦が「ヨーロッパ文化なるものへの幻滅」を、「知識はいかなるものの救済においても無力であること」を示したと指摘する。また、大戦を通して、「科学はその道徳的野心に致命傷を負い、その応用の残忍さによって名誉を失った」と指摘する。そしてさらに、さまざまな思想や思潮を支える場そのものが激しく揺り動かされたとして、こんなふうに述べるのである。

「理想主義はやっとのことで勝利はえたものの、ふかく傷つけられ、自分のいだいた夢想の責任をおわねばなりません。現実主義は見込みがはずれ、打ちのめされ、犯罪と過失になって圧しつぶされています。欲望も諦念もひとしく翻弄され、信仰も双方の陣営に入り乱れ、十字架と十字架が、半月旗と半月旗が相闘うのであります。懐疑主義者その人たちも、あのように唐突で激烈で感動的な出来事、またあたかも猫が鼠にたいするように、われわれの思想をもてあそぶ出来事によってとまどいする——懐疑主義者がその疑いを見失い、ふたたび見出し、ふたたび見失う、もはや自分の精神の動きをいかに闘うべきかを知らぬ有様です」

ここでヴァレリーは、平和の到来にうっとりしながら感傷的に戦争を呪詛しているわけではない。戦争などという愚かな行為にのめり込んだ人びとを、自分はそういう愚かしさとはまったく無縁ででもあるかのようなのほほん顔で、こののほほん顔こそ愚かしさの最たるもののひとつであることにも気付かずに、一方的に批判し嘲笑し侮辱するということもない。ヴァレリーの批評文においては、何らかの存在や現象への批評は、つねに自己批評と結びつく。彼のまなざしは、対象の上っつらを、中途半端な及び腰でちょろちょろと動きまわっているようなものではない。対象の現に在るありようを、時としては残酷な感じがするほど厳密に見定めることを通して、そのもっとも奥深い本質をあらわにしようとする。対象を肯定するにせよ否定するにせよ、このような本質に生き生きとした具体的な内実を与えるには、そのなかに彼自身を注ぎ込まなければならない。彼の批評がつねに自己批評と結びつくことは、このような点から発している。

百年近くまえに書かれたヴァレリーのこのような時代批評が、今読んでもいささかも古びていないどころか、現にわれわれが向かい合っている時代や文明について書かれたものであるように感じられるのはそのためである。単にリアルであるというだけではない。彼が指摘した危機は、以後の長い時間のあいだに回避され乗りこえられるどころか、いたるところにその禍々しい気配をあらわにしているが、ヴァレリーはまことにおそるべき先見性と透視力とをもって、それを照らし出しているようだ。ヴァレリーのあの文章の直接の対象は「ヨーロッパ」精神の危機なのだが、私には、彼の指摘は、もちろんさまざまなズレやちがいはあっても、現在の日本にも、そこでの文明にも、そこで生きる人びとのありようにも、充分に適用しうるものであることがわかる。「われわれ、もろもろの文明なるものは、今や、われわれもまた死を免れぬものであることを知っております」ということばを、日本の文明に当てはめてみると、たちまちさまざまなものが群がり起こるのである。

ヴァレリーは「知識」と「科学」を、「理想主義」と「現実主義」を、「欲望」と「諦念」を、「信仰」と「懐疑主義」をあげた。そして、第一次世界大戦がそれらに及ぼした破局的な力を指摘した。人間というこの忘れっぽい生物はやがて再び、それらにあいまいな信頼を注ぎ始めていた。だが、第二次大戦が、それを残酷に引きはがした。それは、第一次大戦を量的に質的にもはるかに上まわる終末的な無残な結果を生んだのだが、人びとは、奥深いところに苦い不安を感じながらまたまたあのあいまいな信頼にすり寄り始めているようだ。まったくのところもうそろそろ、みずからの文明は「死を免れぬもの」と見る地点に立ち戻り、そこから歩み始めるべきだろう。

ことばについて

今年の正月、成人式に出席する必要があって、ある地方都市に出かけたときのことだ。汽車を降りて正月らしく華やいだ駅の道路を歩いていたのだが、女子高校生らしい女の子が階段を駆けおりて来た。何気なくその方を見やると、彼女は、私の隣を歩いていた知り合いらしい男の子とすれちがいざま「ハイタッチ」して「アケオメー」と叫び、そのまま走り去った。もう何年もまえから、電車のなかなどで耳にする高校生たちの、とりわけ女子高生たちのことばは、私には、半ば以上、時にはまったく、理解しえぬものとなっている。十年前に大学を止めてからは、彼女たちと接する機会はごく少なくなったから、私の無知もいっそうその度合いを増した。これを最近出来た彼女たちの新語のひとつだろうとは思ったが、いったいどういう意味なのか、まったく見当もつかないのである。

こうなると妙に気になってくるもので、ホテルの部屋に落ち着いてからもあれこれ首をひねっていたのだが、突然、「ああそうだ、明けましておめでとうを略したんだ」と思い当たった。翌日、成人式の会場の受付けの若い女性に確かめると、何をわかり切ったことをと言わんばかりの口調で私の推測を認めてくれたが、私は、何か大変な発見でもしたように得意であった。東京に戻って知り合いの編集者に会ったとき、この新発見を披露したのは言うまでもないが、彼の反応はまことにすげないものだった。ニコリともせずに、「四、五年前から使われているようですね。最近ではコトヨロというのも生まれています」と言った。「コトヨロ?」「つまり、今年もよろしくを略したんですよ」と言い、私はいささかゲンナリした。

私は、この「アケオメー」とか「コトヨロ」とかいうことばづかいを、頭から否定するつもりはない。「明けましておめでとう」や「今年もよろしく」を「アケオメー」とか「コトヨロ」と言ったところで、いったい労力や時間がどれほど倹約出来るのかと思うが、彼ら、あるいは彼女たちが目指しているのは倹約だけではないのだろう。古い言いまわしをそんなふうに言い変えることで、それらに新たな生命を与えようとしたのだろう。たしかに「アケオメー」と叫んで走り去っていったあの少女のみずみずしい動性は「明けましておめでとうございます」の静かでおだやかな響きとは、うまく響き合わないのである。

だがあのみずみずしい動性にのんびり身を委ねているうちについうっかり忘れてしまうのは、この動性が生き続けるのは、人びとのなかに「明けましておめでとう」という言いまわしが生き続けていればこそだということだ。それが死に絶えてしまうと、「アケオメー」も「コトヨロ」も、たちまち、抽象的で無機質な、単なる記号と化するのである。だが、こんなふうにふたつの動きを自分のなかで共に生かし続け、そのあいだにそれぞれ自分なりのドラマを作りあげるのは、実は至難の技である。だが、古来さまざまな人びとがくりひろげてきた、危うさをはらんだドラマを通じてこそ、日本語は、その独特の成熟を成就したと言っていい。そして、その場合、この危うさそのものが、新たな展開のための切っかけとなすことだってありうるのである。

だが、日本語の現状は、危うさが新たな展開のための切っかけになるなどとのんきなことを言ってはおれぬ無残な状態に立ち到っているようだ。あの二つの動きは、それらをからみあわせるいかなるドラマも生まれぬままに、いっさいの粘着力を失って、ただゆらゆらと浮遊しているだけのように見える。そこには、日本語に対する親身な愛などというものはいささかも感じられないのである。

毎年選ばれる「今年の流行語」なるものも、こういう時勢を反映してその平板と醜悪とを増しているようだ。「流行語」という以上多くの人がああいうことばに興味を覚えているわけだろうが、こんなものならおやおやと苦笑していればすむ。最近知ってほとんど唖然としたのは「KY」という略語である。いったい何の略語だろうと首をひねっていたのだが、それが「空気を読む」という意味だと教えられて、私は思わず笑い出し、次いで何とも暗澹たる思いにとらえられた。「アケオメー」の奥には「明けましておめでとう」が響いており、「コトヨロ」の奥には「今年もよろしく」が生きている。だが、「KY」の奥にはいったい何があるのだろう。日本語という肉体を失った空疎な意味があるだけだ。そしてそういうことに何の抵抗も生じない、空疎な心があるだけなのである。

あじさいについて

おさない頃から私はあじさいが大変好きだった。この花の色や形も、その木の姿も気に入っていたが、それればかりではない。梅雨時分のしっとりと（時にはじっとりと）水気を含んだ大気のなかで、あじさいがいかにも涼しげにたっている様子も、私にはまことに好もしいものと思われた。その色も姿もくっきりと際立っているが事ごとしくおのれを主張しているようなところはない。眺めているうちに、ごく自然に、辺りの、水気のしみとおった大気のなかに溶け込んでいくようだった。くりかえしそのなかに溶け込みながら、くりかえし新たにそこから生まれ出て来るようだった。私はこの感触に身を委ね続けたが、そのことを通して、あじさいは、私にとって、梅雨の花、梅雨そのものを象徴する花と化したと言っていい。

私は、少年期を京都で過ごしたのだが、京都その他のあじさいの名所を見に出かけたのは当然だろう。京都北野、大原の三千院の裏手には、かなりの数のあじさいが植わっていたが、辺りには人かげもなく、どこか薄暗くかげっていて、そういうところで群れ咲いているあじさいには一種独特の気配があって、これはこれで面白かった。その他、あじさいの名所という話をきくと嵯峨や、さらには奈良の寺にまで足をのばした。十二、三の少年が、梅や桜ならいざ知らず、あじさいを見るためにこんなことまでやってのけるのは、われながらいささか常軌を逸した執心ぶりと言うべきだろう。だが、まさしくそのためにあじさいの色は、私にとって単なるひとつの花の色には留まらぬ、梅雨という季節の色となった。そういう色と分かちがたく溶け合った私の心の色となった。

こんなふうにあじさいに夢中になっていたとき、たまたま三好達治の『測量船』という詩集に出会ったのだが、その冒頭に収められた「乳母車」という詩のなかのこんなことばに、私は強く心を動かされた。

母よ――
淡くかなしきもののふるなり
紫陽花《あぢさゐ》いろのもののふるなり
はてしなく並樹《なみき》のかげを

そうそうと風のふくなり
……
淡くかなしきもののふる
紫陽花いろのもののふる道
母よ　私は知つてゐる
この道は遠く遠くはてしない道
（一、四連）

ここで三好達治は、あじさいそのものをうたっているわけではない。「淡くかなしきもの」が、「紫陽花いろのもの」が降っている様子をうたっているに過ぎない。だが、彼のことばは、私のなかのあじさいに精妙に触れて来た。彼のことばを通して、微妙な質感に支えられたあの独特の色が、ひとつひとつの花の形が、それが群がって生み出すあのやわらかな表情が、それらを包む梅雨の気配が、私のなかの奥深いところからみずみずしく身を起こして来た。そしてそれらは、三好の詩の「淡くかなしきもの」のなかに、「紫陽花いろのもの」のなかに再び没して行ったようである。そういうわけだから、以後七十年近い時を経た現在に到るまで、「梅雨入り」という知らせを聞くと、じとじとした湿っぽさが生み出す不快感を想い起こす一方で、あじさいの、ある涼しさのしみとおった立姿も想い起こす。そして、不快感と心地よさとのこういう結びつきそのものが、私に、ふしぎなほどみずみずしい季節感を感じさせてくれるのである。

もちろん、世界中のどの国、どの民族にも、季節と結びついた好みの花があり、それが人びとの独特の季節感や審美感を生み出しているだろう。一年中、変わることなく、多種多様の花が咲き続けている国もあるだろうし、一年のなかのほんのわずかな時期をのぞいては、雪や氷に覆われている国もあるだろうが、それはそれでまた違った季節感、審美感があるはずだ。だが、わが国のように、春夏秋冬のそれぞれに独特の花が咲き、人びとがそれらすべてにのめり込みながら、多彩で濃密な季節感や、微妙でみずみずしい審美感を作り上げている例を、私は、ちょっと他に思いつかないのである。たまたま今朝も、雨のなかを散歩に出かけ、通りすがりの家の庭のあじさいを眺めながらそんなことを思っていたのだが、ふと、あじさいをうたった、私の好きな宮柊二の歌が心に浮かんだ。

泡碧《あわあを》くかたまれる如《ごと》兄弟ら
あひ寄れる如あぢさゐ蕾《つぼ》む

死生観について

昨年の秋、『日本人のことば』という本を上梓した。和歌、俳句、小説その他古今の文学作品ばかりではなく、僧侶や学者や画家などの語録、さらにはさまざま人がさまざまなときに語ったことばのなかから、私の心に深く刻まれた百八十五のことばを選んで、簡単な解説と感想を付したものだ。読んでくれた人たちがいろいろな読後感を聞かせてくれたが、ある若い友人の「今度の本には、粟津さんの死生観がとてもよく出ていますね」という評言が、とりわけ心に残った。なるほど、そう言われればそうかも知れぬ。近頃めったに見聞きすることがなくなっている「死生観」なるものを私がしっかりとわがものとしているかどうか、何とも覚束ない話だが、少なくとも今度の本では、通常のアンソロジー的な本とは違って、生と死とのかかわりをめぐることばが、数多くとりあげられている。私が意識してそういうことばを多く選んだわけではない。結果としてそういうことになったに過ぎないのだが、そのことが友人に「死生観」などということばを思い浮かべさせたのだろう。

この本の冒頭にとりあげたのは、宮沢賢治の妹トシの「うまれでくるたて／こんどはこたにわりやのごとばかりで／くるしまなあよにうまれてくる」ということばである。これは、賢治がこよなく愛した妹が、臨終の日の朝、苦しい息の下から、枕もとにいる兄に語りかけたもので、賢治がその詩「永訣の朝」のなかで引いている。賢治の「原註」によればば「またひとにうまれてくるときは／こんなにじぶんのことばかりで／くるしまないやうにうまれてきます」という意味らしいが、このすきとおったことばの動きのなかで生と死がひとつに溶け合ってしまっている。

一方、この本の末尾では、『万葉集』巻二にある穂積皇子《みこ》の「降る雪はあはにな降りそ吉《よな》隠《ばり》の猪養《ゐかひ》の岡の寒からまくに」をとりあげているが、ここにも生と死とのふしぎな溶け合いが見てとれるようだ。穂積皇子は兄高市皇子の妃但馬皇女《ひめみこ》を深く愛したが、彼女は、和銅元年（七〇八）六月二十五日に世を去り、吉隠の猪養の岡に葬られた。歌は彼女を想って、雪よ「あはに」つまりたくさん降らないでくれ、吉隠の猪養の岡は寒いだろうからと願ったものだが、死そのもののように凍てついた辺りの気配も、降りしきる雪の姿も、そしてまた在りし日の彼女の肌の生命感にあふれたあたたかさも、この歌の奥底からおのずと浮かびあがって来るのである。

また、こんな歌もある。私は戦後間もない頃、ある雑誌で、吉野秀雄という未知の歌人の「短歌百余章」という作品を読み、直情とやさしさとが溶け合ったその歌声にたちまち心をとらえられたが、とりわけそのなかの、「これやこの一期《いちご》のいのち炎《ほむら》立《だ》ちせよと迫りし吾妹《わぎも》よ吾妹」という歌には、灼熱した鋭いものに一挙に全身を刺しつらぬかれるような思いをした。作者の夫人はつは、昭和十九年の八月、夫と四人の子供を残して世を去るのだが、死に臨んで、彼女はそれが「一期のいのち」の証しででもあるように彼を求めたのだろう。それと、そういう妻に対して「吾妹よ吾妹」と呼びかける、彼自身の生の証しででもあるような全身からしぼり出した叫びとが結びついて、古代の相聞歌を思わせるような、痛切で深い愛の世界を現前させるのである。

もうひとつあげておこうか。これは正岡子規の母八重のことばである。子規が激しく短いその三十五年の生涯を閉じたのは、明治三十五年九月十九日の未明のことだが、そのときの八重の姿を河東碧悟洞はこんなふうに伝えている。

「静かに枕元へにじり寄られたをばさんは、さも思ひきつてといふやうな表情で、左り向きにぐつたり傾いてゐる肩を起こしかゝつて／『サア、も一遍痛いというてお見』／可なり強い調子で言はれた。何だかギヨッと水を浴びたやうな気がした。をばさんの眼からはポタ〱雫が落ちてゐた」

娘律の回想によれば、八重は、「何事にも驚かない、泰然自若とした人」であったということだ。そういう人であったからこそ、早く夫と死別しながら、明治維新という激動期に女手ひとつで息子と娘を育て、さらに不縁となった娘とともに、激痛に絶叫し号泣する息子の看病に明け暮れるという生活を支え続けることが出来たのだろう。そして、それだけに、彼女がこのことばにこめた無量の想いが、彼女の涙の重さが、よくわかるのである。子規のぐったりと肩を傾けた姿は、もはや「痛い」ということもない口は、彼の生と死の究極のかたちを表していたのである。

夏空について

私は、昭和二年の八月十五日の生まれである。敗戦の日、昭和二十年八月十五日には、満十八歳になっていたわけだ。その頃私は、旧制三高の一年生として、京都府下の軍需工場に「勤労動員」され、工場の宿舎に泊まり込んで日々武器の生産に明け暮れていた。もっとも、武器の生産などと言っても、毎日、出来あがった武器を次々と送り出すといった景気のいい状態ではなかった。作ろうにも材料がないために工場は休みとなり、芋畑で畑仕事をさせられることがよくあって、これでは何とも意気のあがらぬことおびただしいのである。

南の方からは、米軍が、それまでわが国の占領下にあった島々を次々と奪い返しながら、ジワジワと、だが圧倒的な力で攻めのぼって来る。工場では年かさの工員が「すぐ間近まで引き寄せて一挙にたたくんだ」などと大声で息巻いていたが、私としては、「一挙にたたくと言ったって、武器を作る材料もないのにどうするんだ」と思わざるをえなかった。そのような戦況の動きばかりではない。私が働いていた工場は、田畑のなかにポツンと立った小さな工場だったせいでまだ爆撃をまぬかれていたが、大阪や神戸の方の夜空は、ほとんど毎夜のように爆撃による火炎のために赤く染まり、私にはその赤い夜空の奥から人びとの苦痛の叫喚がきこえて来るように感じられた。そればかりではない。大阪近くに住む工員がヒソヒソ声で仲間に語っているその惨状も何となく耳に入って来た。そういう私にとって決定的だったのは、広島や長崎に対する原子爆弾投下のニュースである。新聞には、「新型爆弾」といったあいまいなことしか書かれていなかったが、数日後には、「一発だけで町の半分くらいが吹っ飛んでしまったらしい」といった話が、工場全体にひろまった。一発で広島ほどの町が半分吹っ飛ぶなどという能力は私の想像を絶したが、そのことで、それまですでに私をとらえていた敗戦の予感はほとんど確信と言うべきものとなった。それと同時に、吐気をもよおすようななまなましい感触として濃密に私を包んでいた私自身の死の予感も、確信めいたものになったのである。そういうときに八月十五日がやって来たのだが、以前私は、この日の夏空の印象についてこんなことを書いた。

「仕事の合い間に白熱して燃えあがるような空を眺めていると、敗戦の年の夏の、あの焼けつくようなあつさを想い起こす。焼けつくような夏のあつさは、あの年以前にも、以後にもあったはずなのだが、それらの記憶があいまいに一様化して、ただあの年の夏ばかりが、いつもなまなましく立ち現れてくるのは、いかにも奇妙なことだ。とりわけ、あの八月十五日の無数の透明な光の粒が刻々にはじけ続けているような、おそろしく晴れわたった空には、わたしはいまだに馴れることが出来ない。あの空は、言わばわたしのなかで、今もくり返し新たにはじけ続けているようだ。あの年、わたしは十八歳であった」

一人称を現在のように「私」と書かず「わたし」と表記しているところから見て、かなり昔書いた文章だと思うが（「わたし」のまえは「ぼく」だった）、この文章をいったいいつ書いたのか、もうよく覚えてはいない。だが、ここに言う「あの八月十五日の無数の透明な光の粒が刻々にはじけ続けているような、おそろしく晴れわたった空」というヴィジョンは、今もいささかも色あせることなく、いささかも弱まることなく私のなかで生き続けている。そして私は、今もなおそれに馴れることが出来ないようだ。おそらく私はあのとき、夏という季節の間に間に流れることを止めて、夏とまっすぐに向かい合うことになったのだろう。単に向かい合うところではなく、夏と刺しちがえることを強いられたようにさえ感じられる。われわれと季節とのかかわりようは、人により時によってさまざまだろうが、若年のときの私のように、時代の動きと私自身の内面の動きとの双方によって危ういところまで追いつめられたとき、このようにある極限の姿をあらわすのである。

今年の夏もあつかった。八月十五日も例年のように、白く灼けた空がひろがっていた。私は昔から決まっている行事のように書斎の窓からそういう夏空を眺めていたのだが、眺めているうちに、何の変哲もないその空が、十八歳の私が見た「無数の透明な光の粒が刻々にはじけ続けているような、おそろしく晴れわたった空」そのものに変身してゆくようだった。そして、その変身は私を私自身に直面させるようでもあったのである。

複眼的思考について

　私がまだ旧制高校に通っていた昭和二十二年のはじめ、文芸評論家の小林秀雄氏とお会いして、あれこれお話をうかがったことがある。どの話もすみずみまで小林さん独特の考え方、感じ方に貫かれていて面白かったのだが、たとえば当時の米ソ関係についての「まあ見てろ、そのうち両方とも自分たちだけが正しいと言い出すぜ」ということばは、なかでもとりわけ印象的だったもののひとつである。米ソの対立など、少なくとも表面的にはその気配さえ感じられず、私などにはこの蜜月の状態は当分続くように思われていたからである。

　だが、小林さんのことば通り、程なく両国は共に自分だけが正しいと激しく言いつのるようになる。いったんそういうことになると、両者の関係は、たちまち険悪な様相を呈し始めた。私は小林さんのことばを想い起こし、改めてその眼力に感服したのである。もっとも私は、「前からよくわかっていたんだな」などと思ってただ無邪気に感心していたわけではない。彼のことばをくり返し反芻するうちに見えてきたのは、彼のあの眼力、あの先見力を生み出しているのが、情報通とかカンのよさとかいったものではないことだ。そうではなくて、それは、いわば複眼的思考とでも言うべき能力によって支えられたものなのである。対象が社会であるにせよ歴史であるにせよ人間であるにせよ、あるいはイデオロギーであるにせよ、そこに見られる相対立し相矛盾するさまざまな動きそれぞれの本質や方向を見きわめ、時にはそれをさらに推し進め、かくして両者が共に自分だけが正しいと言いつのり始める地点を見定め、その地点の構造を明らかにすること、これこそ複眼的思考に固有の作業にほかならぬ。

あのことばは、小林秀雄さんが、酒席でおさない私にふともらしたことばに過ぎなかったのだが、あの一言《こと》は、私のなかの思いもかけぬほど深いところにまで入り込み、私の奥底に複眼的思考を根づかせてくれたようだ。それは、私を偏狭で単純な党派性から守ってくれたが、そればかりではない。何ごとにも積極的にかかわらないことを冷静で客観的なことと思い込む、あいまいで中途半端な相対主義的思考からも守ってくれた。これまで私が、自分の思考のこういう複眼性を充分に守り、充分に生かしてきたかどうか、自分ではよくわからないが、少なくとも私が意識する限り、これが現在に到るまで、私にとってきわめて実り多い経験であり続けていることは確かだろう。

　複眼的思考と言えば、小林さんのことばとほぼ同じ頃、ポール・ヴァレリーの「精神の危機」という文章のなかでこんなことばを読み、これも深く心に刻まれた。複眼的思考が、少し別の角度から照らし出されていると言っていいだろう。これは、第一次世界大戦が終わって間もない頃に書かれた文章だが、彼はそのなかでこんなふうに言うのである。

「私は一例をあげるにとどめます。ドイツ諸民族の偉大な美徳の数々が生み出した害悪の多さは、有閑性といえども、かつてそれほど多くの悪徳を創り出しえなかったほどである。良心的な勤労、最も堅実な教育、最も厳格な訓練と勤勉が、恐るべき目的のために用いられるのを、われわれは見た。わが眼をもって見たのであります。

　あのように多くの残虐は、あのように多くの美徳なしには不可能であったのかも知れません。あのような短時間に、あのように多くの人間を殺し、あのように多くの資材を消散し、あのように多くの都市を壊滅させるためには、疑いもなく多くの科学が必要であった。しかし道徳的美点の必要もまたこれに劣らなかったのであります。「知識」よ、「義務」よ、

汝らは警戒せらるべきものなのか」(桑原武夫訳)

私は、この文章を読んだときの、自分を取り巻く人や物やさまざまな言説が、見る見るうちにその表情や色合いを変えてゆくのを眼にしたような感触を、いまだに忘れることが出来ないのである。ヴァレリーがこの文章を発表したのは、一九一九年のことだから、百年近く昔のことになるが、いまだにその効力を失っていないどころか、さらにその効力を増してくるようだ。ことばや観念にはられたレッテルだけを信じ込む単眼的思考の持主が、いや、もはや思考することもない単眼的存在が世にあふれているからである。

死について

死というこの絶対的な未知、絶対的な謎について、古来われわれは数限りない思考を積み重ねてきた。死はこういう無数の思考によってあふれかえっているのだが、それによって死はいささかもわれわれに近付いたわけではない。単に考えるだけではない。実際に他人の死を見たり聞いたりしても、そのことに変わりはないのである。たとえば私の場合、太平洋戦争の末期を中学生として過ごしたのだが、戦況の悪化による間近な死の予見に吐気を覚えるようなあるなまなましい感触を味わった。だが、このときも近付いたと思ったのは死の観念だけであって死そのものは相変わらず、絶対的にわれわれを超えている。かくしてわれわれは、これから先も、くり返し新たに、限りなく死についての思考を積み重ね続けざるをえないのだ。

このような事情は変わることはないのだが、現在、死についての思考の質に、ある奇妙な変質が生じているようだ。かなり以前のことになるが、臓器移植をめぐる問題が、提供者の死の基準を脳死に置くか他の時期に置くかというようなこととからみ合って、ジャーナリズムをにぎわしたことがあった。この問題がどんなふうに決着したかつまびらかにしないが、その記事を見ているうちに、それまでそれなりに安定していた死の観念が、何かあいまいに揺れ動き始めたことは覚えている。そして、そのことが私の「自己」という観念にもある屈折を及ぼすことになったのである。

われわれの自己認識は、われわれの肉体感覚と分かちがたく結びついているものだ。自己とは、単なる抽象的一般的な自我ではない。もちろん、そういう自我をひとつの極限として持ちはするが、その自我は、固有の秩序と構造とをそなえた肉体によって内側から支えられている。単に支えられているだけではない。この肉体とのかかわりによって生き生きとした動性が与えられる。そういう自我であってはじめて、死の観念もわれわれを脅かすだけのものではなく、われわれを支えるものでもあるような、あるしっかりとした手触りを持った堅固な実存性が与えられる。このようにしてわれわれは、絶対的な未知である「死」を、まさしくそういうものとして、われわれのなかで生かすことが出来るのだ。

だが、戦後の医学や、それと分かちがたく結びついた生命工学や遺伝子工学のまことに驚くべき進歩は、たしかに多くの人びとの命を救い、生命ないしは生命体の新たなるさまざまな可能性を示してくれたものの、そこには、単にそれをよろこんでいるだけでは片付かぬものも感じられる。たとえば、臓器の移植が可能であるという程度のことならまだしも、成長の速度を速めるとか、さまざまな機能を変えるとか、「万能細胞」を作るなどということになると、どうも私は落ちつかなくなる。遺伝子操作による動物の、さらには人間の「クローン」の誕生ということになると不安は頂点に達するのである。幸か不幸か、人間の「クローン」はまだ生まれていないようだが、家畜のクローンの生産はすでに成功しているようだから、人間クローンの登場もそれほど先のことではあるまい。

そんなことを考えているうちに、それまでたしかにあるような気がしていた自分自身の統一がゆらぎ始める。この統一としっかり結びついていたはずの死の観念もまた、ゆらぎ始めるのである。かくしてわれわれの自我と死の観念とは、はっきりと対立することもなく、またしっかりと結びつくこともなく、ともに半ば浮遊しながらあいまいにもつれ合っているのであって、これはけっして、生きるに快い状態ではない。

かつて自然科学は、原子力を発見し、その具体的な応用としての原子爆弾を発明したが、原子爆弾がわれわれに示したのは、その破壊力の異常な増大などといったことに留まるものではなかった。ひとつ間ちがえばわれわれの知性の支配も制御も及ばぬものとなりかねぬ、その破壊力の質の変化である。そしてそのことは世界とわれわれとの関係そのものに深刻な変化をもたらしたのであって、そういう意味で、原子爆弾は自然科学の極度の発展が生み出した鬼子であると言ってもいいだろう。としてみれば、「クローン」は生命科学が生み出した奇怪な鬼子であると言ってもいいかも知れぬ。われわれは、「クローン」としてくり返されることによって死ぬことがなくなるのである。

性について

戦後間もない頃、「肉体文学」とか「肉体派」とかいうことばがしきりともてはやされたことがある。何とも大雑把であいまいなこういう呼称があのように人びとをとらえたのは、敗戦という事件によって、それまで彼らの意識や感覚を縛っていたさまざまな桎梏から突如として切り離されたからだろう。「肉体」とか、その核である「性」とかいうことばは、彼らがそれぞれの解放感を託し、そのうえにそれぞれの夢を織るための、恰好の合言葉になったのである。

当時評判になった田村泰次郎の『肉体の門』のような小説は、こういう一般的傾向を何とも楽天的に反映しただけの作品であって、だからこそあんなに評判にもなったのだが、肉体にしても性にしても、とてもあんな手つきでとらえられるはずもないものだ。それらを何かの旗じるしにしてみても、それらはたちまち、旗じるしなどという枠を乗りこえ、どうにもとらえようのない異形のものとしてわれわれのなかに居すわり始める。それどころか、それらはさらにふくれあがって、われわれをある混沌のなかに引き込もうとするのである。そして、肉体や性が、真に文学の主題となるためには、それらがはらむこの危険な運動に身をさらすことが不可欠の条件なのである。

もちろん、身をさらせばそれですむわけではない。身をさらし、それどころかさらにその運動をかり立てながら、それと同時にそれがはらむ危険な破壊力と腐蝕力から身を守るための精妙にして狡猾な工夫が必要であって、これはなまじっかの作家がなしうることではない。当人はそうしているつもりでも、実は、その危険の毒を薄め、適当に飼いならして、小説という枠組のなかにおさめているに過ぎないのである。あの危険な運動とそれから身を守るための狡猾な工夫との共存が、そのまま小説の新たな枠組となっているような作品は容易に見出しがたいのである。

こういう厄介な問題に立ち向かって、作家たちはさまざまな刻苦を重ねて来た。たとえば、吉行淳之介、古井由吉、中上健次といった人びとは、それぞれの資質に即しながら、興味深い成果をあげているが、この性という主題は、現在においては、かつてよりもさらにとらえにくくなっていると言うべきかも知れぬ。戦後間もない頃は、性をあらわにどぎつく描くだけでも、それに対するなまで激しい反応を惹き起こすことが出来た。次いで、性とさまざまな観念との二重三重に屈折したかかわりが、人びとのなかになまではないだけにいっそう芯の疲れる危険な共鳴を生み出す切っかけにもなった。さらに時経て、あらゆる風俗がその恥部を、それを恥部と思うこともなくむき出しにしているような時代になると、何をいかにどぎつく描いてみても、たちまちのうちに呑みこまれてしまうのだ。不能も乱交も同性愛も、その他さまざまな倒錯した性も、他の風俗とほとんど変わることのない風俗のひとつに過ぎない。そういう風俗と何のかかわりもなく過ごしている人びとにとってさえ、そうなのである。としてみれば、それらを描き出すことで何らかの衝撃や共鳴を引き出すのはまことに困難なことなのである。

　だが現在、事態はさらに悪化しているように見える。性的乱脈は到るところで眼につくが、そこには、内側から溢れかえった過剰な生命力のおのずからなるあらわれといったおもむきが不思議なほど乏しいのである。生命力の過剰どころか生命力の衰退が、性の過剰ではなく性の衰退が、一種の無性化が、悪性のウイルスのように、急速にひろがっているようだ。現在の性的乱脈には、こういう無性化が、秘められただが強い内的動機として働いていると考えた方がわかりやすいようなところがある。この無性化が、じわじわと、だが否応なくおのれのなかにひろがってゆくのを感じれば感じるほど、人びとは、いっそうこの乱脈をかき立てようとする。そのことで、言わば性の幻想のごときものを作りあげようとする。だが、そのようにして作りあげられた性は、一見いかになまなましく見えても、実は、自然に燃えあがる自然な欲望の力に欠けた、抽象的な作りものに過ぎないのである。そう言えば昔小林秀雄が、現代における恋愛小説の困難について語っていた。真の恋愛には、生き生きとした性欲と心との結びつきが必須の条件だが現代にはそれが欠けているからだが、今やこのことは、ますますその度合いを増していると言っていいだろう。

仮名について

　中学の三年か、四年のことだったと思うが、友人とやっていたガリ版刷りの同人雑誌に、「ふぃるむ」と題する短篇小説めいたものを書いたことがある。一時間ほどのあいだに見たもの、感じたこと、考えたこと、思い出したことを、整理したり、脈絡をつけたり、意味を探ったりすることなく、ただ起こるがままに記述したものだ。何かで知った「意識の流れ」という新趣向を早速試みた小生意気な代物だったのだが、いったいどんなことを書いたものやら、もうすっかり忘れてしまった。ただひとつ覚えているのは、たいして長い文章ではないが、すべてひらがなだけを用いて書いていたことだ。

　これには、当時愛読していた朔太郎の『青猫』などで、ひらがなのやわらかで官能的な特質に心惹かれていたことが、ひとつの切っかけになっていただろう。私には、ひらがなのこのような特質こそ、さまざまに揺れ動きながら切れ目なく続く「意識の流れ」を記述するのにもっともふさわしいものと思われたのである。そして、こんなふうにひらがなに身を委ねたことで、それまでは単なる手段として何となく習慣的に使っていたひらがなが、ある独立した個性をそなえた生きものとして、私のなかで生き始めたようだ。

一方、カタカナの発見、ないしは再発見はこれより少しあとのことだ。もっともこの場合は、別にカタカナで小説を書いたわけではない。たまたま手に入れた、海の詩ばかり集めたアンソロジーで、逸見猶吉の「ベエリング」という詩を読んだからである。この詩は漢字とカタカナで書かれていて（あとで知ったが、彼の詩の大半はこのスタイルだ）こんなふうに始まるのである。「霙フル／ドツト傾ク／屋根ノムカフ　白楡ノ叫ビニ耳ヲタテテヰル昏イ／憂愁ノヒト時ヲ　荊棘ノヤウニ悪ク酔ツテルノダオレハ」。この詩は、私がそれまで見たことのない、すみずみまで殺気がしみとおっているような、暗くトゲトゲしい気配を生み出しているが、読んでいて気がついたのは、こういうことが、カタカナに多くを負っていることだ。ここでの仮名がひらがなであったならば、とてもこういう効果は生まれないのである。

このときの経緯が私にとってきわめて印象的だったのには、それまでの私とカタカナとの関係がごくヨソヨソしいものだったということもあるだろう。ひらがなの場合は、長い時間をかけてわれわれのなかに積み上げられてきたひらがなの語感というものがあって、それと意識してはいなくても私もそれと無縁ではなかった。だからこそ、朔太郎を読むとか子どもっぽい小説を書くといったちょっとした切っかけでそれが一挙に身を起こして来るというようなことが起こる。だが、カタカナは、今ではまずたいてい法律文や、公用文や、外国語の表記といった日常的用途のなかに埋もれてしまっていて、こういうことが起こる可能性はごく乏しいのである。そして、逸見猶吉は、埋もれていたカタカナの特質を、ドギツイほどあらわに照らし出したと言っていい。

もちろん、カタカナの特質は、彼が照らし出したものばかりではない。戦後になって私は、広島での原子爆弾による被爆体験を主題とした原民喜の『原爆小景』を読んだが、この詩集は、全篇漢字とカタカナだけで書かれていて、そのことが鮮やかな効果を生んでいた。「水ヲ下サイ／アア水ヲ下サイ／ノマシテ下サイ／死ンダハウガマシデ／死ンダハウガ／アア／タスケテ　タスケテ」というような詩句を読むと、ここでは、カタカナしか使いようのないことがわかる。ここで作者は、何かある感情や感覚を抒情しているのではない。ギリギリの状態に追いつめられた人間の叫びを岩肌にでも刻みつけるように書きつけているのであって、ひらがなではとてもこういう効果は生まれないのである。

ギリギリの状態と言えば、これも戦後間もない頃読んだ吉田満の『戦艦大和ノ最期』もそうだ。「大和」は戦争末期に沖縄戦に特攻出撃し、アメリカ空軍によって撃沈されるのだが、この作品は、副電測士として乗り組んでいた作者が、最後に到るまでの四囲の状況や人びとの反応や自分自身の心の動きを書きしるしたものだ。彼はたとえばこんなふうに書く。「アタリイヨイヨヒソヤカナリ／戦イノ終末ヲ急グ破壊音止マザルモ、忘我ノワガ耳朶ニ触ルルハ柔ラカキ静寂《シジマ》ノミ／ワガ眼ニ映ルモノスベテニ白光サシ、眸《ヒトミ》、初メテモノ見ルコトヲ知リシ如キ愕《オドロ》キナリ／瞳孔《ドウコウ》、ソノ底マデモ純《ス》ミ切レルカ」。この場合も仮名はカタカナしか考えられないだろう。

こんなふうにカタカナは――ひらがなもまた――さまざまなかたちでおのれのもっとも奥深いものをあらわにしているが、現在、ひとびとはこういったことにひどく鈍感になっているようだ。何とも残念と言うほかはない。

問いについて

　平成十八年の四月に第一巻が出た私の著作集（全七巻）が、この一月（平成二十一年）、無事完結し、何はともあれほっとしている。各巻菊判六百ページをこえる大冊だが、それでもこれまで私が書いた文章のすべてが集められているわけではない。せいぜいその半ばを占めるに過ぎないだろう。だが、振り返ってみて、私にとって重要な意味を持つと思われる文章は、おおよそ収められていて、私としては充分に満足している。

　上梓に当たって、収録する文章はすべて改めて読み直したが、こんなふうに自分の昔の文章を、比較的短期間に、まとめて、継続的に読み直すことで、私は、かつての自分の生と思考をもう一度生き直しているような思いをした。そればかりではない。私の批評文の対象は、古今東西の文学、美術、音楽その他、われながらまことに多岐にわたっているが、このような読み直しは、私に、多岐にわたる私の批評の運動をつらぬき、それを推し進める、もっとも本質的な内的動機を示してくれたようだ。このような動機は、実際に批評文を書いているときは、あるなまなましい感触として感じてはいても、時として明晰に意識しづらいのである。そして私の場合、「問い」がこの内的動機であったと言っていい。確かに私にとって、批評とは、出来あがった作品を、分析し、評価し、意味付けるといったことに留まるものではなかった。それらの作品を作りあげた精神について問うことだった。問い続けることだった。そんなふうに考えると、批評が私の精神の運動と生き生きと応じ合うのである。

そのことで、私は、ごくおさない頃のある経験を想い起こした。私が生まれたのは、愛知県の三河湾ぞいの小さな町だが、家を出て少し海の方へ歩いて行くと直ぐに家並みが途絶え、あとは海岸まで広大な塩田が続いていた（もっとも、今ではなくなっているが）。ところどころにぽつんぽつんと小さな塩焼き小屋が見え、ほんの時たま、何か立ち働いている人影が見えたが、まずたいていは、森閑としずまりかえっていた。この塩田を通り過ぎると海岸に出るのだが、波打ち際で遊べるような海岸ではなかった。波打ち際から直ぐ高く切り立った岸壁が何キロにもわたって続き、そのうえには、たぶん塩田を風から守るためだろうが、松の林が続いていた。

こんなところへやって来る物好きがたくさんいるはずはないから、いつ行ってもほとんど人の姿は見えなかったが、どういうわけか私は、まだ小学校に入るまえから、ここへ来るのがとても好きだった。特に内向的で人ぎらいの少年だったとも思わないのだが、子供の足ではかなりの距離なのに、よくひとりでここに出かけた。もっとも、そこに行って何をするというわけでもない。崖っぷちに坐る勇気はなかったから、手ごろな松の木の根もとに坐り込み、時折立ち上がってうろうろと歩きまわるほかは、ただぼんやりと海を眺めていただけだ。

私がそのことに一向たいくつしなかったのは、海が、その日の天候により、また時刻によって、刻々に新たな表情を示してくれたからだ。そればかりではない。太陽に雲がかかるとか、ちょっとした風の具合とかいったことで、ほとんど一瞬ごとに表情を変えた。白く輝いていた海面が、次の瞬間、くろずんだ青に沈み、さらに次の瞬間、精巧な織物のように微妙に揺れ動く。いったんそういうことに気がつくと、目がはなせなくなるのである。こういう視覚的な楽しみばかりではない。はるか下方からは、限りなく寄せては返す波の音が聞こえて来た。それに耳をすましているうちに、このくり返しは、自分が生きているあいだだけではなく、自分が死んでしまったあとも、いつまでも響き続けるだろうという思いに心をとらえられた。もっとも、七つ八つの子供の頃だ。こういう思いも、ある観念としてではなく、恐怖とも快感ともつかぬある感触として私をとらえたに過ぎないのだが、この感触は、妙に執拗に、それこそ私が死んだあとも生き続けようとでもするかのようにいつまでもあとを曳いた。そしてこの感触は、私に、私がそのなかで生きる私を超えたものに対する、ある全身的な問いを、少なくともそういう問いの端初とも萌芽とも言うべきものを刻みつけたようだ。この波音は、時としてまるで耳鳴りのように感じられたが、また時としては、私を包み込みながら梢から梢にわたる松籟と響き合った。単に響き合うだけではない。この松籟が、ふしぎな潮騒のようにも感じられてきた。そしてそこにもある永劫の気配のようなものがゆっくりと立ちこめてきた。そしてこの気配やあの感触こそ、私の問いを支えるものであると言っていいだろう。

時代感覚について

東京の田端には、明治から大正にかけて数多くの文士や芸術家が暮らしていた。そのことから、現在、彼らのさまざまなゆかりの地をひとつに結びつけて、「田端文士村」と名付けられている。話にきいてはいたものの実際出かけたことはなかったのだが、ついせんだって、田端の駅前にある「田端文士村記念館」で、正岡子規についての講演をした。実を言うと、依頼を受けたときは、一瞬とまどった。「根岸で暮らしていた子規に、田端と何かかかわりがあったかな」と思ったのだが、これはすぐに思い当たった。彼がその三十五年の激しく短い生涯を閉じたのは、明治三十五年九月十九日の未明のことだが、翌々二十一日に、この田端の大龍寺に葬られたのである。そういうわけで、当日、記念館に向かいながら、私は、まるで子規の死そのものに近付きつつあるような思いをした。そして、そのことに衝き動かされるように、彼についてのさまざまな思いが群がり起こるように心に浮かんだ。「もし子規が現代のような時代に生きていたらどんなふうに反応しただろう」というのもそのひとつだが、ただ何となくそんなことを思ったのではない。この問いは、子規という精神の特質と端的に結びついているようだ。

私が『正岡子規』という本を出したのは、一九八二年のことだ。この本の「あとがき」で私は、「正岡子規のように明治という時代に密着した精神をちょっとほかに思いつかぬ。……私は子規を読みながら、しばしば明治という時代そのものを読んでいるような思いをした」と書いているが、この考えは、以後二十五年あまりを経た現在においても変わることはないのである。これは彼が、何かある時代思潮を全身的に体現し、それを強力に推し進めたということではない。子規が生まれたのは慶応三年、明治改元の一年前のことで、彼は激しい思想的政治的社会的変動に身をさらしながら、まさしく明治という時代とともに生きた。単に生きただけではない。まことに生き生きとした好奇心と不思議な虚心とをもって、この時代の全体に反応した。

これは容易なことではない。明治初年というと人びとは「文明開化」とか「自由民権」とかいう一色で塗りつぶすことになりがちだが、もちろん、そんなふうに単純に片付けられることではあるまい。そういう動きがある一方で、それほど目立たないが、執拗にそれに逆らう動きがあり、勢い激しいがすでにこわばりの兆しを見せている動きがある。最初は弱々しく見えていたのに突然勢いを増す動きがあり、ひとつにまとまっていたのに時とともにいくつかに分裂してゆく動きもある。また、方向を見定めえぬままに何となくあいまいにとどこおっている動きもある。そして子規は、そういう動きの全体に鋭敏かつ柔軟に反応し、その反応を通して、それらを彼の時代感覚の要素にまで純化したのである。このような彼の姿勢は、死病にとりつかれ、言語を絶する苦痛に絶叫し号泣する状態になってもいささかも変わることはなかった。

子規が亡くなってからすでに百年あまりを経ている。時代の様相もすっかり変わってしまっているが、彼が作りあげたような時代感覚はかつて以上に必要だろう。もう七、八年前になるが、ある講演で、ハムレットの「この世の関節が外れてしまった」というせりふを引きながら、現代社会の混乱と乱脈について語ったことがある。この講演はなかなか反響があって、何人もの人が、私のところに共感したと話しに来てくれたほどだが、それというのも、人びとが、それぞれの生活のなかで「この世の関節が外れてしまった」ことを思い知っているからだろう。そして、その後、この傾向はさらにその度合いを増している。

現在の社会は、「関節が外れた」どころか、まさしく全身骨折といった観を呈している。

ただこの場合注意しなければならないのは、これが、ただ単に人びとが、また人びとそれぞれのなかの意識や感覚の動きが、バラバラになっているだけではないということだ。バラバラになっているためにかえって人びとは、そういうバラバラ状態から救い出してくれるように見かけを持った、イデオロギーやスローガンにひどく動かされやすくなっていることだ。自分の統一を甦らせてくれそうな心の動きにひどくなびきやすくなっていることだ。バラバラ状態と画一性とが、あいまいなかたちで癒着しているということだ。このような状態を乗りこえるには、まさしく子規のように、矛盾し対立したさまざまな動きのひとつひとつをはっきりと見定め、それを生き生きとした時代感覚の構成要素とすることだろう。

怠惰について

もうずいぶん昔のことになるが、ある雑誌に頼まれて、科学哲学者の村上陽一郎氏と確か人類学が御専門の香原志勢《ゆきなり》氏との三人で「怠惰について」という鼎談をしたことがある。そこでわれわれは勤勉な人間として怠惰な人びとを批判したわけではない。それどころか、怠惰の効用とでも言うべきものについて語ったのだが、どうも、忙しい人間が集まって、ひまが欲しいと愚痴をこぼし合っているようにとられたらしい。それを読んだ友人の川村二郎にも、「人一倍勤勉な人間が三人集まって「怠惰について」とはね」とからかわれた。諸君のような勤勉な人間が突然ひまになったら、すぐに退屈して苛々し始めるにきまっている、それじゃあある忙しさを別の忙しさに変えるだけだと言いたかったのだろう。

そういうことなら、確かにそうかも知れぬ。昔、ギリシアのある島に旅行したときのことだ。その島では、家々も道も、ほとんど偏執的に白く塗りあげられていて、それは何とも不思議な眺めだった。私は、初夏の陽に白く輝くそういう眺めのなかをうっとりと歩きまわっていた。ちょうど昼食どきという時刻のせいもあったのだろうが、ある家の前の石段に置かれた大輪の真っ赤なカンナの鉢植えのそばに黙々とうずくまっている黒衣の老婆のほかには誰ひとり人影はなく、人声も物音もまったくきこえなかった。強い陽に照らされながらただ森閑としずまりかえった、まるで時間がとまったようなこの眺めのなかにいることに、私は、何とも名状しがたい快感とも幸福感とも言うべきものを味わっていたようだ。そういったものに身を委ねているうちに、突然、「こういうところに暮らしたいな」という思いが心に浮かんだのだが、これは長くは続かなかった。激しくそれを打ち返すように、私のなかで誰かが「だけど、いざ暮らし始めると、すぐにおまえは、死ぬほど退屈することになるだろうな」と呟いた。私は、自分が、締切りその他によってずいぶん先の行動まで自分ではなく他人が決めているような生活に、絶えず私に降りかかり私を包む内的外的なさまざまな出来事への反応の連続がそのすべてであるような生活に、文字通り骨がらみになっていることを、苦い思いをもって噛みしめた。

もちろん、時とともにますますその速さ、速度を増す社会の歯車に組み込まれて、私よりもはるかに忙しく立ち働いている人びとは多いだろう。そういう人びとは、ひまを盗んで、あるいは旅行に出かけ、あるいは趣味や気晴らしに身を委ねるのだが、彼らにとってこのようなことの持つ意味は、私などよりもはるかに切実なものがあるのだろう。だが、そういうときの彼らの様子を見たり聞いたりしていていつもいささか気になるのは、そこには、社会の歯車から抜け出してのんびりと怠惰に身を委ねているといったおもむきが一向に感じられないことだ。ひまを楽しむどころか、たとえば旅行をしていても、まるで旅程を消化することが唯一の目的ででもあるかのような、そのことに眼を血走らせてでもいるような、ひどく切迫したものが感じられる。これでは、ある歯車から脱して別の歯車に移っただけということになりかねないのである。それでも当人だけは充分楽しんだと思っているかも知れないから、事は何とも厄介と言うほかはない。

　こういうことが起こるのも、人びとが怠惰ということの意味を見失っているからだろう。もちろん、怠惰といってもいろいろある。性来何ひとつやる気がなく、他人とかかわろうともせぬ、単なるなまけ者の怠惰もある。人生のエア・ポケットに落ち込んだようなもので、それこそ、落語のネタくらいにしか使いようのない種族だが、考えてみると、ただそういうだけで片付けられないようなところがある。怠惰は、社会の時間のなかにありながら、その奥に一種の沈黙を作りあげ、のびやかに自分の時間を生きることだと私は思うが、だとすれば、世間でなまけ者とさげすまれ、いやしまれている人びとのなかにも、こういう怠惰につながる人びとがいるかも知れないのだ。

いずれにせよ、このような怠惰に身を委ねるには、世間や仕事から離れる必要はない。それらと結びついていても、それは充分に可能だろう。単に可能だというだけでない。この怠惰によって、一種の歯車のように抽象化し機械化した仕事そのものが、生き生きと動き始めるだろう。

充実した退屈について

先夜、日比谷公会堂で、「夜桜能」を観た。毎年四月上旬に、靖国神社の境内にある、まわりを多くの桜の木々に囲まれた野外の能楽堂で行われているのだが、今年は、あいにくの雨のために、第二会場に予定されていたこの公会堂に変更されたのである。もっとも、ふだんは、コンサートや講演会などに使われているホールだから、橋がかりなどはない。また、裃をつけ、御神火から火をもらった松明を手にした何人かの人が、まさしく能役者のようなゆっくりとした足どりで客席のあいだを通って舞台に近付き、舞台の手前の篝に積み上げた薪に御神火を移すという通例の儀式もない。「夜桜能」と銘打っている以上桜は欠かせないが、それも舞台の両端に置かれた大きな籠に、満開の花をつけた桜の太い枝がたっぷりさしてあるだけだ。それはそれでなかなか効果的ではあったが、舞台の照明と篝火の光にうっすらと浮かびあがる夜桜のもとで観ることには及ぶべくもない。私は、何となく落ちつかぬままに、若年の頃、コンサートを聴くためにしげしげとこの公会堂に通ったことなどを、想い起こしていたのである。

そうこうするうちに、開幕の合図もベルもなしに（開幕も何も、幕は終始あがりっぱなしなのである）、囃方や、地謡や後見の人びとが、ぞろぞろと舞台に出て来て所定の位置につく。やがて、うなるような、うめくようなかけ声とともに、硬い壁を打つように激しく小鼓が打たれ、空間に鋭く突きさるように能管が吹かれ、次いで大鼓の強い音が加わる。それらをほんのしばらく聴いただけで、それまでの私のどこかあいまいな気分は、たちまち消え失せた。この音楽は、日頃私が親しんでいる音楽のように（主としてヨーロッパの近代音楽だ）、私を言わば水平の動きにのせて運んでゆくものではない。私を垂直につらぬく。その感触が、私を否応なく染め上げたのである。

その夜の演目はどれもなかなかよかったが、とりわけ田崎隆三がシテの天女を舞う『羽衣』に強く心を動かされた。もちろんこれは、何よりもまず、彼の芸の見事さのせいだが、それればかりではない。私は中学生の頃、突然観能にのめり込むようになったのだが、その切っかけになったのが、この『羽衣』だったのである。もちろん、能楽堂の入場料は中学生の小遣いではとても間に合わないからあれこれ苦労して招待券や割引券を手に入れて通いつめることになった。あれは、中学生としてはいささか常軌を逸した執心ぶりだったと言っていい。

これは私が能を理解したということではない。解説などで話の筋は調べてあったが、冒頭でシテがワキの旅の僧その他に何かの縁起について語り、後半では自分こそまさしくその縁起の主人公であることをあらわにして舞うという筋立ては、どれにもほぼ共通していて、おさない私の好奇心を刺激することはなかった。せりふは、面のしたの籠った声で、おまけに古めかしいことばだから、何を言っているのかよくわからない。仕草にしても、扇を持った手をあげ、またおろし、ゆっくりとしたすり足で五、六歩あゆみ出たと思うと、トンと足を踏み鳴らし、次いでくるりと一回転するといったもので、私はそれらの仕草が意味するものをしかとは判じかねた。

そういうわけで私はひどく退屈したのだが、どうもそれだけでは片付けられなくなった。囃子方のあのかけ声や音楽のなかで、こういう仕種に眼をこらし、含み声の呟きがたちまちのうちに朗々とした口調に変わり次いで呟きに戻ることばの動きに耳をすましているうちに、舞台はある濃密な気配をはらんだものとなった。そして舞台から発するその気配が、いやおうなく私を包み始めたのである。私は逆らいようもなくそういう動きに身を委ねていたのだが、これは退屈でなくなったということではない。退屈感は執拗に続いていたのであって、私は、自分のなかでの退屈と集中とのこの奇妙な共存をどう扱えばいいのかよくわからなかった。あるとき私は、このあいまいな心理状態を断ち切るように「退屈だなあ」と呟いたのだが、直ぐそれに続いて、「だけど、なんと充実した退屈だろう」ということばが心に浮かび、このことばはなかなか気に入った。この感想は、以後六十年あまりを経た現在においても変わることはないのである。もちろん、室町期の観客は能が退屈であるなどとは夢にも思わなかっただろうが、現在の観客がそれを退屈と感ずるのも止むをえないことだ。だがその奥に「充実した退屈」を感じとることは意味のあることではなかろうか。

旅の魔性について

　ひどい不景気だというのに、今年の「連休」も、駅や空港や高速道路は、相も変わらず人びとであふれかえっていたようだ。私には、とてもそういう人びとに加わる元気はないから、どこにも出かけずに家に閉じこもっていたが、それでも、どこそこの高速道路は六十キロ渋滞しているというニュースや、旅行帰りの人びとの、楽しい経験をしたのではなく、いやな義務をやっとのことで果しでもしたようなゲッソリと疲れ切った顔付きなどが、否応なく飛び込んできて「やれやれ御苦労なことだ」と他人事ながら同情したものだ。こんな状態でなお人びとが相競うように旅に出かけるのは、旅によほど惹きつけるところがあるからだろう。

　このような旅の魅力のひとつは、それが人びとを、彼らをがんじがらめにしている日常の拘束から解き放ってくれるという点にあると言っていい。不景気であればあるほどさまざまなかたちでこの拘束が強まるから、それだけ解放への願望も増す。せめて旅に出て日頃の憂さを晴らしたいというわけだ。私にも人びとのこういう気持はよくわかる。私自身の場合、この十年ほど海外にはまったく出かけていないし、講演や審査会などでほんの時たま地方に出かける以外はほとんど国内旅行もしていないが、それ以前は、国内はもちろん海外にも人並み以上によく旅をした。旅の楽しさは、充分に味わってきたと言っていいだろう。

だが、そういうときに味わったのは、楽しさばかりではない。私は、楽しさを味わうと同時に、旅の魔性とでも言うべきものも感じていたようだ。そのことが、次第にその強さを増して、私は、時としてある不安とでも言うべき鋭い感触を覚えた。そしてこれは、旅のもたらしたあの解放感そのものから発していたのである。

確かに旅は解放をもたらしたであろうが、この解放は、われわれから、われわれを支える重心となっている日常の重みをも奪い去るということになりかねぬ。そのふたを開けることで、そのなかに封じ込められていた無数の不幸が飛び出して来て勝手気儘に蠢き始めるあのパンドラの箱のようなもので、われわれの感覚や感情や意識が、日常の重みによって与えられていた秩序や位置から離れ去って、ふらふらと浮遊し始めるのである。そのために、ふだんはそんなものが存在することさえ気付かぬほどわれわれの奥深いところに秘められていたものが、突然表面に浮上するというようなことが時として起こる。また、これといった理由もないのにある種の感受性がひどく過敏になり、見るもの聴くもの感じるものが、われわれに、なだれ込むように襲いかかって来るというようなことが起こる。

これは旅の効用に違いない。旅によって、習慣化された日常から離れ去っているからこそ、われわれのなかのふだんは押さえつけられていた要素、眠りこけていた要素まで身を起こして来る。かくしてわれわれは、対象との先入観にとらわれることのないみずみずしい出会いが可能になったのである。

私自身、旅によってもたらされるそういう出会いは人一倍経験して来たのだが、それらが生み出すよろこびや楽しみに身を委ねながら、時として私が感じたのは、このような私の反応のなかに、妙に抽象的な気配がただよっていることだ。確かに旅は私に自由を与えてくれたが、この自由は、それと引きかえに、私から、日常の生活のなかで対象に接するときのあのざらついた手触りを奪い去っているように感じられた。この自由は、私のなかのさまざまな要素を動員してくれたが、このような動員によって生み出された「私」が、そのまま自然に生き続けうるかどうか、ということがひどく気にかかった。こういうことは、いったん気にかかるといつまでも尾を引くもので、私が覚えたあの不安はここから発している。われわれは、かりにこのような不安を覚えても、結局のところ、旅から受けたみずみずしい印象のなかにごく楽天的に解消してしまうことになりがちだが、そんなふうに片付けるべきではあるまい。自分の意志によってではなく、言わば他動的に、自然発生的に生まれ出た「私」を、そのまま、「私」自身と思い込むことは、あいまいに放置すれば、われわれのなかに、ひとつ間違えば命とりになるような亀裂を惹き起こすことになりかねぬ。もちろん「連休」を利用した短期間の旅では、人びとは束の間の解放を楽しんで帰ってくるだけだろうが、そういう旅であっても、このような魔性とまったく無縁とは言い切れまい。われわれは、この魔性を、自分を改めてつかみ直すための手段とすべきだろう。

柔軟と頑固について

　昔、ある歴史家が、ひとつの文化がより強固な別の文化に接したときにふたつの典型的な反応があると主張していた。そのひとつは、むやみやたらとそれに反撥し反抗することによって、孤立し自滅するというものだ。いまひとつは、最初から敗北を認めて相手にすり寄り、結局相手に吸収されてしまうというものだ。餓鬼大将に無謀になぐりかかってたちまちなぐり倒されてしまうやつと、歯向かうどころか言われもしないのに相手の子分になってしまうやつとがいるわけだが、ここには、イデオロギー的な、あるいは方法論的な歴史分析とは異なる生き生きとした人間臭とでも言うべきものがあふれていて、それが私には大変面白かった。人間臭などと言うと、歴史を主観的にゆがめていると思われかねないが、そういうことではない。こういう考えを頭に入れて歴史を振り返ってみると、この考えに衝き動かされ照らし出されでもしたように、さまざまな実例が――もちろんその度合いは一様ではないが――ひしめき合いながら身を起こして来たのである。

この考えは現在でもその効力を失ってはいないだろう。現代の世界にあふれた対立や紛争や奇妙な合体に接しながら、私は久しぶりにこの考えを想い起こしたのだが、それと同時に思い当たったのは、われわれの歴史に見られる他文化の受容の仕方には、単純にこういう考え、こういう図式には組み込めぬところがあるということだ。そこには、「柔軟」と「頑固」との不思議な共存が見てとれるということだ。そして、この共存が、あいまいで中途半端な折衷ではなく、わが国の文化のちょっと他に類のない独特の性格を作りあげているということなのである。

そのことはたとえば文字に関しても言える。われわれは、漢字、ひらがな、カタカナという三種類の文字を併用し、時に応じ、場合に応じて使い分けてきた。われわれはこのことを、ごく日常的に何でもないこととして受け入れているが、私の知る限り、こんなことは世界に他に例を見ないのである。上古、われわれの祖先は文字を持たなかったから、伝来した漢字を表音文字として用いたのだが（表音以外の要素もあるが）、これはごく自然な工夫だろう。だがこの場合着目すべきは、こんなふうにごく柔軟に漢字を受け入れながら、それをそのまままわれわれの文字とはしなかったことだ。平安初期には、漢字の草体からひらがなが作り出されるのだが、これは、漢字の複雑な字体になじみ切れぬわれわれの本質的な感性のあらわれだろう。ここには、おのれの感性に対する「頑固」な好みが見られるのだが、考えてみれば、それなら文字をすべてひらがなにしてしまえばいいようなものだ。それがそうならなかったのは、彼らが一方で、漢字の字体そのものと結びついたその複雑な表意性を、まことに「柔軟」に受け入れ、それが生み出す感触を、生き生きと感じとっていたからだ。すべてをひらがなだけにしてしまえば、すでに彼らの一部となっている漢字のそのような特質も消し去ってしまうこととなるのである。

かくして人びとは、単純な二者択一の道ではなく、両者を併用するという道をとった。単に併用しただけではない。彼らが作った漢詩文は、時として本国人さえ感服させるほどの見事な出来ばえを示している。彼らが漢字の語感をさらに深くわがものとしていることをうかがわせるのだが、それに相応ずるように、ひらがなも、その繊細微妙な特質をさらに磨き上げられることとなった。王朝末期のかずかずの物語はそのことを端的に示している。そして、この両者は、併用されることによって、単純に使われている場合とはまた異なるみずみずしい劇とでも言うべきものを生み出すのである。平安初期には、漢文の訓点のために、漢字の一部を用いたカタカナが作られたが、これも、時とともに単なる補助的記号ではなくなる。ひらがなが漢字の代用物ではなくなったように、カタカナも、漢字やひらがなと肩を並べるような市民権を獲得するに到るのである。漢字とひらがなにさらにカタカナが加わることで、われわれの文字が生み出す劇は、さらに複雑で微妙な表情を帯びるのである。こういったことが見られるのは、まさしくわれわれの「柔軟」と「頑固」のせいなのだが、だからと言ってわれわれは、安定した特権としてのんびりとそれに身を委ねているわけにはゆくまい。「柔軟」と結びつくことのない「頑固」は、たちまち単なる固陋《ころう》に堕するだろうし、「頑固」に支えられることのない「柔軟」は、たちまち空疎な無定見と化するからである。

音楽について

以前、幕末に、幕府の訪米使節団の一員として米国に渡った人が書いた日録的な文章を読んだことがある。この筆者は、先入観にとらわれることのない自由な人柄の人らしく、はじめて踏んだ米国の地で日々接する人間や文物その他について率直で生き生きとした感想が書かれていて、これはなかなか面白い文章だった。

それらの感想のなかでとりわけ印象的で記憶に残っていることのひとつは、彼が、その地で眼にした絵のたぐいに対しては、平凡ながらごく自然に反応しているのに、音楽に対しては激しい拒否を示していることだ。もっとも、彼は、コンサート・ホールでちゃんとした演奏を聴いたわけではない。歓迎会で軍楽隊の演奏を聴いたり、路上でやっている演奏をたまたま聴いたりした程度なのだが、そうであるにしても、そこには、耳なれぬ音楽に対する無理解や反撥というだけでは片付かぬところがある。全身的な、ほとんど本能的とも言うべき嫌悪感があふれていて、そのなまなましい感触はずいぶん長くあとを曳いた。とてもこれは、この幕臣の個人的な好みなどでは説明がつくまい。そうではなくて、ここには、音楽そのものの特質がかかわっているのではないかと考えてみるとよくわかるのである。音楽は、たとえば絵画などよりも、もっと深く、われわれの奥底の、混沌とした未分化の部分に根付き、そこから直接生命をえているようだ。絵画の場合、司馬江漢や北斎といった江戸期の画家たちは、まことに生き生きとした好奇心をもって、遠近法その他西洋画の手法をとり入れているのに対して、江戸期の音楽には、西洋音楽の影響らしきものはまったく感じられないのである。音楽が世界共通の言語であるというのは確かにその通りなのだが、一方で、音楽が、民族それぞれの根源へ執拗に立ち戻ろうとしていることを見落とすべきではあるまい。このことから発する、他民族の音楽に対する対立は、西洋の諸民族のあいだにも多少とも見られるのだが、わが国の音楽と西洋の音楽との場合は、当然その度合はいちじるしいものとなる。あの幕臣が示した嫌悪や反撥も、こういうことと結びついているのだろう。

だが、明治の音楽教育は、こういう嫌悪や反撥を能うかぎり消し去ろうとするように進められた。音階、和音その他すべてが西洋音楽のものに変えられた。このことは、西洋音楽の理解と受容を容易にしたのだろうが、音楽そのものとのかかわりを抽象的なものにしたことはいなめないだろう。西洋の場合、コンサートへ出かけることもない片田舎の子供でも、教会で、オルガン演奏を聴いたり、聖歌を歌ったりすることはあっただろうし、町なかでさまざまな音楽を耳にすることもあっただろう。そして、そういう音楽経験が、そのまま、高度な音楽創造のみなもととなることもありえたのである。だが、そういうことは、わが国の場合は、ないとは言わないが、ごく乏しかったと言わざるをえないだろう。たとえば私の場合、私の音楽経験の根幹を形作っているのは、おさない頃聴いたわが国の伝統音楽ではない。ベートーヴェンをはじめとして、モーツァルト、シューベルト、ブラームスといったドイツ音楽なのである。もちろん、私とは異なるさまざまな場合もあっただろうが、いずれにしても、われわれにとっての根源的なものと、音楽体験や音楽創造との幸福な結びつきが生まれにくい事情があったと言っていい。

文学や絵画においては、早くからすぐれた作家や詩人が現れ、すぐれた画家が生まれたのに対して、すぐれた作曲家の出現がずいぶんおくれたのも、おそらく、こういう問題の乗りこえに時間がかかったからだろう。音楽家たちは、西洋音楽の理解を深めると同時に、それをわれわれにとっての根源的なものと結びつけ、そのことを新たな音楽創造の重要な契機にしようともするのだが、そこにはさまざまな陥穽《かんせい》がひそんでいて、人びとは、西洋音楽とは異なる和声その他をとりあげ、あるいはわれわれの伝統的な楽器をとりあげるのだが、そこには、時として、西洋の作曲家が、珍しい楽器や和声を用いてでもいるような、異国趣味めいたものが感じられるのである。だが、人びとはこういう陥穽をよく乗りこえているようだ。せんだって「東京の夏音楽祭」で石井真木の『声明交響Ⅱ』を聴いたが、そこには仏教の声楽である「声明」を中心としながら、それがグレゴリオ聖歌と結びつき、雅楽器と西洋楽器とが結びつき、まことにみずみずしく混沌とした世界を作りあげていたのである。

やさしさについて

もう三十年ほど昔のことになるが、ＮＨＫテレビの「日曜美術館」という美術番組でモディリアーニについて話をした。彼の作品との出会い、彼の生涯やその画風の展開、二十世紀絵画における彼の位置などについて語ったあと、次々と画面に映し出される彼の代表作を見ながらあれこれ感想を述べたのだが、番組が終わり近くなったとき、司会のアナウンサーが、突然私に「いったいモディリアーニの何が、人びとをとらえ続けてきたのでしょう」とたずねた。私は、ほとんど反射的に「それはやさしさですね」と答えたが、以前からはっきりそんなふうに考えていたわけではない。その番組で、彼について語り彼の絵を眺めているうちにひしめき合うようにわき起こってきたさまざまな想念が、おのずからこのことばに結晶したのである。

こんなふうにして発せられたこのことばは、私のモディリアーニ観のもっとも奥深い部分を端的に示しているようには思われたのだが、いささか気持に引っかかるところがあった。確かに「やさしさ」は私が心惹かれる特性ではあったが、一方で私は、その頃世間にあふれていた「やさしさ礼讃」とでも言うべき風潮にひどく苛々させられていたからである。もちろん「やさしさ」が悪いことであるはずはないが、人びとがそれに与えているイメージは、人間から意志力や決断力や拒否する力を奪い去ったとき、何となく浮かびあがってきた代物としか思われなかった。そう思うと町なかで出くわす人びとの、時には妙にけわしい、時にはなよなよとした、時にはべとべととした表情が、このイメージと重なり合っているように思われ、私は何ともげんなりしていたのである。

こういうことがありはしたもののその後忘れるともなく忘れていたのだが、五、六年後生き生きと想い起こした。文芸評論家の高橋英夫氏が、私の文芸文庫版『正岡子規』のために書いてくれた「解説」のなかで、この番組での私の発言を取りあげていたからである。彼はアナウンサーの問いに対する「それはやさしさですね」という私の答えを引き、次いでこんなふうに言う。

「間髪を入れず粟津則雄は切り返したように私には聞えた。その一瞬のことは記憶に灼きついたようになっていまだに消えない。単なる「やさしさ」、思いやりとか気づかいとかねばついた情緒のこねまわしとか、そういったものに向かいがちなタイプの「やさしさ」だったら、論ずるには足りない。モディリアーニにはそういったものはない。彼の「やさしさ」ははるかに透明で、硬質で、危機的なものだ――こう彼の一言は語っているように私は思った」

高橋氏のこの評言は、私のあのことばがはらんでいたものをまことに正確に言い当てていてありがたく思ったのだが、今度改めてこれらのことを想い起こしたのは、現在私が眼にする「やさしさ」には、「人びとの、時には妙にけわしい、時にはなよなよとした、時にはべとべととした表情」などには、収斂し切れぬ、何か薄気味悪いものが感じられるからだ。若い女性が結婚相手の男性に求める特性としては、相変わらず「やさしさ」が首位を占めているようだし、近頃では「環境にやさしい」とか「自然にやさしい」とかいう奇妙なことばがはびこっている。つい数日前には「家計にやさしい」ということばに出くわして唖然とした。いずれどこかのコピー・ライターが頭をひねって考え出したものだろうが、「やさしさ」も落ちたものだと、苦笑せざるをえないのだ。

それだけなら苦笑してすましておけばいいだろうが、そうはゆかぬと思われるのは、近頃頻発する無差別殺人や大量殺人の犯人たちが、しばしば、そういうことをやりそうな兇悪な顔付きどころか、いかにも「やさしい」顔付きをしているからだ。彼らは道ですれちがっても気がつかないような人びとなのである。そういう彼らの姿と彼らの犯した行為とが、どうもしっくりと結びつかない。もちろん、おとなしくてまじめな少年が、突然思いもかけぬ凶行に出ることはある。他人に顔を向けて話も出来ぬほど内気な人間が何とも残虐な行為に身を委ねることはある。あることはあるが、それらはそれなりに心理的説明がつかぬことはない。前世紀のはじめ、アンドレ・ジッドは『法王庁の抜穴』という小説で、主人公の青年に、見も知らぬ人間を何の理由もなく汽車から突き落とすという無動機の殺人を行わせたが、あの場合でも、人びとの行為をがんじがらめにしているさまざまな動機からの脱出という動機があった。だが「やさしい」人びとと彼らの行為とのあいだには、何とも説明しようのない底知れぬ闇のごときものが感じられるのである。

顔について

昔、まだ京都の旧制高校に通っていた頃のことだが、ある日、友人が訪ねて来て、妙に昂奮した様子で、「寺町にとてもよく当る人相見がいてね」と言う。「そうかい。それがどうしたんだ」「これから見てもらいに行くんだけれども、どうもひとりじゃ心細くってね、付き合ってくれないか」「ああ、いいよ」というわけで、寺町の細い路次の奥にあるその人相見の家に出かけたのだが、部屋に通されたあと、どうも具合の悪いことになった。

その人相見は、顔色の悪い痩せた中年男だったが、友人の話にはふんふんとなま返事をするだけで一向に身を入れて聞こうとしないし、それどころか、肝心の友人はそっちのけでじろじろと私の方ばかり眺めている。ついには立ち上って私のそばにやって来て、改めて私の顔をしげしげと眺めたあげく「あんたはん、変わった相してはりますな」と、感に堪えた口調で言ったものだ。あっけにとられて「変わった相って、いい人相なんですか」と聞き返すと、「ええも何も、あんた、これは龍昇天の相言いましてな。めったに見ん相どす」と彼は言い、同じ相をしていたらしい中国人の名前を次々とあげながら、何やらまくし立てていたのである。

　こんなことを思い出したのは、ついせんだって、必要があって、私の文章や私についての文章の古い切り抜きを調べていたとき、二十年ほど前ある夕刊紙にのった、まさしく私の「顔」についての記事を見つけたからである。それも小さな囲み記事などではない。タブロイド版の紙面全体を使った大げさなものだ。紙面の左上部には、私の大きな顔写真がのり、右の方には、「まず「顔」ありき」と大見出しを打ったあと、私の「顔」をめぐるさまざまなエピソードが、事こまかに、面白おかしく書かれていた。記事によれば、私がそのしばらく前にある文芸雑誌にのせた「人相について」というエッセイが、この企画の切っかけになったということだ。そのなかで私は、自分の「顔」が惹き起こした、あるいは喜劇的な、あるいはいささか物悲しい出来事について語っていたのだが、それを読んで興味を覚えた編集長がこんなことを思いついたらしい。それはいいが、これではまるで世間を騒がせた兇悪犯人のような扱いだ。私は、憂鬱そうな顔つきでこちらを見ている自分の顔を眺めながら思わず苦笑した。考えてみれば、例の人相見の話を聞いてから、すでに六十年あまりの時が過ぎている。まだ「昇天」していないことは確かだが、「龍」に化身しそうな気配も一向に感じられないのである。

だが、そんなことを思いながら何となく顔写真を眺めているうちに妙なことになって来た。「憂鬱そうな顔付き」などと言ってすましてはおれなくなって来た。その顔の奥にある、感覚や感情や欲情や意識が、どこか鬱屈とした気配までが、何ともなまなましく身を起こして来て、収拾がつかなくなった。こんなことが起こったのは、それまで自分の顔などというものはいやというほど見馴れた代物だと思い込んでいて、身を入れて見るなどということがなかったからだろう。見たとしても、何となく出来あがっていた自分の顔という仮面を見ていたに過ぎなかったからだろう。ところが、まったく無警戒に自分の顔写真を長々と眺めてしまったために、その仮面がずるずるとはがれてしまったのである。

仮面をつければ、他人はそれを自分の顔と思ってくれると信じ込んでいる何とも楽天的な人びとがいる。もちろん、仮面などという意識はまったくなく、自分はつねに素顔で生きていると考えているようなもっと楽天的な人びともいるだろう。それほど楽天的ではなくても、まずたいていの場合、多少のうしろめたさなどは、何喰わぬ様子で口をつぐんでいればかくしおおせるとたかをくくっている。だが、顔というものはもっと情容赦もない代物であって、当人がどんなふうにあがいても、何もかもむき出しにしてしまうのである。物に動じない落ち着き払った表情の奥に、おどおどとまわりに気をつかう人間がすけて見える。笑いを絶やさぬ顔の奥に、すきあらば他人を利用しようとする狡滑な根性がすけて見える。昔、ヴァレリーが「人間とは奇妙な生き物だ。顔というもっとも秘めかくすべきものを人眼にさらして生きている」と語っていたが、このことばが改めて心に沁みる。だが、だからと言ってこんなふうに互いに見抜きあっていては人生が成り立たない。人びとは他人の仮面を信用しているように装っているのだが、それが続くと今度はまた、人生が実体のない仮面劇になりかねないのである。

歩行について

おさない頃から散歩が好きだった。八十歳をこえた現在でも、毎朝三十分あまりの散歩はほとんど欠かさない。昔と違って早く床につくようになったから、四時か五時頃にはごく自然に目がさめる。この季節ではまだまったく暗いから直ぐ散歩に出かけるというわけにはゆかぬ。書斎で茶を飲んだり音をしぼって音楽を聴いたりしているうちに、ゆっくりと夜が明けてくる。辺りがうっすらと明るくなるのを待ちかねるようにして家を出るのだが、驚いたことには、こんな時刻なのにすでに散歩をしている人を数多く見かけるのである。しかも彼らの散歩は私の場合のようにのんびりした代物ではない。まずたいてい、まるで何かに追われるように息せき切って歩いていて、私は猛烈な勢いで私を追い越してゆく人びとのうしろ姿を見送りながら、時としてほとんどあっけにとられた。人の話では、これには、ある程度以上速く歩かないとあまり健康に効果がないということがあるらしく、なるほどそういうことかとなっとくしたが、彼らのように大急ぎで歩く気にはならないし、第一そんな力もない。もちろん、私の散歩にも健康のためという理由がなくはないが、そんなことよりもまず、私は歩くことが好きだから歩くのである。

家を出て歩いてゆくうちに空は刻々にその明るさを増してゆく。それとともに、まだここかしこに身を潜めていた陰が次々と姿を消してゆく。道や家々や樹々が、もちろん季節や天候その他によって微妙に表情が異なりはするものの、今まさに夜の闇から生まれ出たかのように私を眺め始めるのである。こういったものに身をさらしながら歩いていることが、私には実に楽しかった。単なる視覚的な楽しみばかりではない。歩みを進めるにつれて、それらをつらぬき、それらを刻々に変容させる時間の流れが感じられるようになる。そして、その流れを推し進める、まるで時間そのものの鼓動のようなゆったりとしたリズムが響き始めるのである。歩くことには、そういうリズムにおのずから歩調を合わせるようなところがある。単に肉体的に歩調を合わせるばかりではない。そのリズムに惹き出されたかのように、私の内部の感覚や感情や意識が身を起こし、生き生きとしたリズムを響かせ始める。歩くことを通して、時間のリズムと私の内部のリズムとが応じ合い、響き合うのであって、このことは私にある快感とでも言うべきものを与えてくれたようだ。

私の生活は、ほんの時たま外出する以外はほとんど終日書斎に閉じこもって、考えたり書いたり読んだりするだけのごく単純なものだ。私にとってはそれはごく身に合った生活なのだが、この生活は、実はある危うさをはらんでいる。こんなふうに閉じこもっていることで、私の内部の動きが生き生きとしたリズムを失うことになりかねないのである。思考は、対象の具体的な細部やその手触りから離れ去って、妙につるつるとした抽象的なパターンに乗せられてしまうことになる。ある主題の中心部に入り込んでいるつもりが、実は自分の固定観念のまわりを堂々めぐりしているだけで、そこから生まれるのは不毛な自家中毒だけということにもなる。こういう状態は、いったんそこに落ち込むと、容易に抜け出せないものだ。抜け出すどころか、抜け出そうとすればするほど、いっそう深く深みに引き込まれてしまうものだ。そして私の場合、散歩によっておのれの思考と生のリズムとを融かし合わせることは、かくしておのれの思考そのものに生き生きとしたリズムを与えることは、この閉塞状態を乗りこえるための効果的な手段なのである。

もちろん、つねに効果的であるとは限らない。最初は生き生きと見えていた風景のなかに、突然、白茶けた平板な日常感が否応なく入り込んで来ることがある。だが、そういう感触に耐えながら歩き続けていると、まずたいていい、風景に、生き生きとした表情が甦って来るようだ。これはたぶん、私の歩みのリズムそのものが、風景にそういう活力を与えることになったのだろう。歩行のドラマはこういうかたちでも生ずるのである。

これは私のような仕事をしていない人に関しても共通して言えることだろう。毎日を、同じことのくり返しであるような退屈な日常と思い込む固定観念こそ、われわれの日常を一様で退屈なものにする元凶なのだが、散歩はそれに逆らうための効果的な手段となりうるだろう。もっとも誰にでも効果があると限らないし、あんなに大いそぎで歩いていては効果を味わうひまがあるかどうか、心配にもなるのだが。

木枯らしについて

「木枯らし」という美しいことばがある。秋の終わりから冬のはじめにかけて、北西の季節風が吹き始める頃の、しばしば雨を伴う冷たく強い風をさすのだが、木を吹き枯らすということからこの名がある。「凩」の略字である「几」と「木」とを結びつけて「凩」とも書くが、私は原義をそのままに生かしたこの「木枯らし」という書き方の方が好きだ。いずれにせよ、この風が吹くと一挙に気温が下がり、われわれは、「ああ、冬が来たな」と痛感するのだが、「木枯らし」という名前は、こういう感慨に、まことに生き生きと響き合うのである。

もう二十年以上も昔の冬のはじめのことだが、ごく親しいフランス人の社会学者が東京の私の家を訪ねて来た。客間に通してチビチビとワインをなめながら何やかやおしゃべりをしていたのだが、話の合間に、彼は、まさしく木枯らしと言うほかはない強い風が庭木の枝を激しく揺り動かしている窓外に眼をやり、ちょっと眼をしかめながら「それにしてもひどい風だな」と呟いた。それでふと思いついて私は「この風は、日本語では、こ、が、ら、し。木を枯らす風と言うんだよ」と言った。「なるほど、あんな風が吹けば、木も枯れるだろうな」「そうじゃないんだ。こ、が、ら、し。木を枯らす風という固有名詞がついているんだよ」。彼はひどく感動したようだった。「何て詩的なんだ」とか、「実に日本的だね」などと言いながら、しきりと何やら考え込んでいた。それればかりではない。フランスへ戻ってからも、「今、パリでも「こがらし」が吹いています」と手紙で書いてよこしたくらいだから、よほど印象的だったのだろう。

こういう彼の反応のせいで、私自身も改めてこのことばの魅力を意識するようになったのだが、われわれの感性は古くからこの魅力に染めあげられていたようだ。『万葉集』に木枯らしの歌はなかったようだし、『古今集』の場合もちょっと思いつかないが、平安中期以後は、広く人びとの心を染めあげることになった。時として「木枯らし」と「焦がれる」とをからみ合わせながら、かずかずの秀歌が詠まれているが、木枯らしの多彩な表情が精妙的確にとらえられているのは、俳句においてだろう。和歌の場合は、秋の季語となっていることも多いのだが、俳句では冬の季語として確立された。私にとってこれは、冬の季語のなかでもっとも好きなもののひとつである。

言水の「凩の果てはありけり海の音」は、彼のもっとも初期の秀句だが、以後も、さまざまな俳人たちが、「木枯らし」をとりあげて、それぞれの詩魂の精髄を示している。「こがらしや頰腫《ほおばれ》痛む人の顔」（芭蕉）、「木枯の地にも落さぬしぐれ哉」（去来）、「こがらしや何に世わたる家五軒」（蕪村）、「凩や海に夕日を吹き落す」（漱石）、「木枯や水なき空を吹き落す」（碧梧桐）、「木枯らしや目刺に残る海の色」（芥川龍之介）、「木枯に真珠の如きまひろかな」（茅舎）、「こがらしの樫をとらへしひびきかな」（林火）

どの句もいいが、私が以前からとりわけ偏愛を注いでいるのは、山口誓子の「海に出て木枯帰るところなし」という句である。これは昭和十九年十一月十九日の作であって、句集『遠星』（昭和二十二年刊）に収められているが、ここで作者は、木枯らしとの不思議な一体化を成就しているようだ。この頃作者は、三重県四日市の富田の海岸に移り住んで、病いを養いながら句作に没頭していたのだが、これはそこで眼にした情景だろう。野や山や町に吹き荒れていた木枯には、もはや吹きつける対象もなく、枯らすべき木もない。言わば吹く行為そのものになって、海上に空しく吹き荒れているだけだ。こういう木枯らしの姿は、そのまま、激しく世に逆らってきたのち、もはや自分自身と向かい合うほかなくなった作者の心の、「帰るところ」のない孤独なありようと重なり合う。木枯らしを外から描くのではなく、こんなふうに木枯らしと一体化した句を、私はほかに知らないのである。

そんなことを思うにつけて、近頃、木枯らしらしいものを経験しなくなったことが気にかかる。他の土地ではどうか知らないが、少なくとも私が住む東京ではそうである。時たま冷える日はあっても、まさしく木を枯らすような風が、終日虚空でうなり続けるようなことはない。人びとは、のんきな顔をして「今年も暖冬ですかね」などと言っているが、そののっぺりとした顔付きからは「木枯らし」ということばを生んだ人びとの生き生きとした気迫が感じられないのである。

元日について

正岡子規は、明治二十九年の元日に、「元日の人通りとはなりにけり」という句を詠んでいる。一見、元日の一情景をただそのままに詠んだだけのもののように見えるが、そうではあるまい。この句を眺めていると、元日の独特の気配そのものが、奥深いところから浮かびあがって来るようだ。昔の元日は、朝、雑煮を祝ったあとは、家にこもって、賀状を読んだり、皆でカルタや双六やトランプを楽しんだりするのがふつうだったから、昼頃までは通りにはほとんど人影はなく、ふしぎなほど静かだった。やがて昼近くなると、年始に出かける人びとの、遊びに出かける子供たちの姿が、見えるようになる。まさしく「元日の人通り」が始まるのである。この句は、そのことを直截にとらえている。

もっとも子規は、その人通りを実際に見たわけではない。そのとき彼はひどい胃ケイレンで床についていて、身動きも出来ぬような状態だった。彼は、病床で、外部の物音にただひたすら耳をすましているほかはなかった。「元日の人通り」は、彼にとって視覚的イメージではなく、聴覚的イメージだったのである。耳をすましていると、病室に近い塀のそとを、年始に出かける人びとの足音が、楽しげに何か叫びながら駆け出してゆく子供たちの声や足音が、辺りがひっそりとしているだけに、いっそうくっきりと響く。子規はその音を通して、その人びとの姿を思い描く。そしてさらに、町全体を包み始めている「元日の人通り」を、まざまざと眼に浮かべるのである。

この句に関して、いまひとつ着目すべき点は、彼を病床にしばりつけていたのが、一時的な病気としての胃ケイレンに留まらないことである。前の年の四月、子規は記者として日清戦争に従軍したが、その帰国の船上で大喀血に襲われた。さいわい病状はおさまり東京に戻りはしたものの、腰痛がひどく、歩行もままならなくなった。現在とは違って結核が死病と呼ばれていた時代である。しかも子規は、学生時代にすでに喀血を経験していただけに、この二度目の喀血は、彼に間近な死を予感させたことだろう。前の年の暮、子規は弟分の高浜虚子を道灌山に呼び、自分の後継者として学問に精進してくれるように頼むのだが、それもこのなまなましい死の予感のあらわれにほかならない。だが子規の頼みは拒絶され、孤立感を深めた子規は、この出来事を友人に伝える手紙で、「死はますます近き《ママ》ぬ　文学はやうやく佳境に入りぬ」と書きしるすのである。

当然、子規は、ただ病床から外の物音に耳をすましているだけではない。彼の姿勢には、いわば、死から生に対して耳をすましているようなところがある。年始に出かける人びとや、遊びに出かける子供たちの作るさまざまな音も、子規にとって、単に元日の日常の一コマに過ぎぬものではない。それらの音は、彼にとって生そのものを象徴するものであり、それらを聴くことが生きることにほかならないのである。

そういうわけで、この「元日の人通りとはなりにけり」という句には、元日が持つ絶対的な新鮮さとでも言うべきものが、おのずから立ち現れているようだ。

子規の句が体現している元日のこのような姿は、子規の時代ほどではないにしても、私の少年の頃までは、まだ続いていた。私にも、元日の朝のあの不思議な静けさ、そのあとの「元日の人通り」のそれとは対照的な生き生きとした華やぎは、記憶に刻まれている。だが、現在は、たとえば元日の朝の静けさなどは、まったくなくなったとは言わないが、すっかり薄れてしまっている。それはたぶん雑煮を祝ったあと、皆でそろって楽しむということが少なくなったからだろう。人びとは、雑煮くらいはいっしょに祝うだろうが、そのあとは、それぞれの部屋に戻ってテレビを見たり、ゲームを楽しんだり、あるいは外出したりしてしまう。それでは、元日の朝の静けさなど生まれようがない。それによってくっきりと照らし出される「元日の人通り」の生き生きとした華やぎも生まれようがない。あいまいで雑駁な騒がしさが辺りを包んでいるばかりである。人びとはそれに充分満足しているようだ。それどころか、この雑駁な騒がしさに身を浸していないと落ち着かぬようにさえ感じられる。だが、このことは、われわれの生活にとって不可欠な、沈黙と静寂の欠如に通じるのである。元日は、われわれがそういう沈黙と静寂を、またそれらが照らし出すみずみずしい生の感覚を感じるためのまたとない機会なのだが、人びとはそういうことも忘れてしまっているようだ。

危うさについて

四十年近く前、パリで一年ほど暮らしたことがある。せっかくパリに来ているのだからと思って、ルーブルやその他の美術館ばかりでなく、町なかの画廊もずいぶん熱心に見てまわった。そうすることで、美術館ですでに評価の定まった作品を鑑賞しているだけでは得られないような発見があるのではないかと思ったからである。現に生まれつつあるさまざまな動向に、それが生み出す新しい発見や実験や冒険にじかに接することが出来るのではないかと期待したのだが、どうもこの期待は満たされなかったようだ。

もっともこれは、どれもこれもつまらぬ絵ばかりであったと言うことではない。新奇な試みや、それなりに興味深い工夫を見てとることが出来るような作品もあったのだが、私にはもうひとつ気に入らなかった。真の発見、真の冒険は、必ず、ひとつ間ちがえば命とりになりかねぬ危うさをはらんでいる。そのことをその必須の条件としているとさえ言える。この条件を全身的に受け入れ、それをしっかりと乗りこえることによってはじめてみずみずしい表現が成就されるのである。だが、私が眼にした作品からは、そういう危うさは感じられなかった。危うさもどきはあっても、危うさそのものは感じられなかった。それは、言ってみれば、元金は別にして利子だけ賭けているようなものだ。試みに失敗してすっかりすってしまっても、元金はまるまる残るのである。私は、大げさな身ぶりの奥にあるそういうあいまいな楽天性が何とも気にくわなかった。数カ月で画廊めぐりを止めたのである。

パリ中の画廊をまわっていたわけではないから、私の知らないところで、新たなみずみずしい表現が成就されていたのかも知れぬ。にもかかわらず、私が、こんなふうにいささか性急に反応したのは、どんな経験でもある危うところまで推し進めなければ、それを本当に経験した気がしないという生来の性向が働いていたのかも知れぬ。ごくおさない頃、友人たちがとめるのもきかずに嵐の海に泳ぎ出して、危うく溺れかかったことがある。同じ頃、鉄橋の橋桁によじのぼってレールのあいだから首を出し、走ってくる電車に頭上を通過させるという危険な遊びに夢中になったことがある。それより二、三年後、京都の小学校に通っていた頃だが、学校の帰りにふと気が向いて比叡山の奥山に入り込み、次々と変化する眺めに惹かれて歩いているうちに道に迷って、危うく遭難しかけたこともある。七十年ほど昔のこれらの経験は今も記憶に刻まれていて、そのときどきの、不安と興奮とがからみ合ったなまなましい感触とともに甦るのである。

これらは、少年にありがちな無鉄砲な行動と言えばそれまでのことだが、長じたのち私が、ランボーの詩の個人全訳といった思い切ったことを試みるに到ったことも、これにかかわりがあるのかも知れぬ。それまでも、小林秀雄がランボーの散文詩を、中原中也が彼の韻文詩の全訳を試みている。だが、少年時代のラテン語詩や散文を含めて、ひとりで彼の全作品の翻訳を行ったのは、私がはじめてだったのである。私があえてそれを行ったのは、翻訳という作業を通して、ランボーの全作品とぴったりと自分自身を重ね合わせようとしたからなのだが、相手がランボーのような存在の場合、これは容易ならぬ仕事となる。ランボーは「詩人は、あらゆる感覚の、長期にわたる、とてつもない、筋の通った乱用によって見者となる」と言い、「彼は、自分の見たものについての知的認識力を失ったときそれを本当に見たのだ」とも言っているが、このような志向につらぬかれた人間の作品に、こんなふうにして全身を委ねることは、私自身を否応なく、解体と混沌のなかに運び去ってしまうことになりかねないのである。訳しながら、しばしば私は、おさない頃のように荒れた海に泳ぎ出しているような思いをした。

そんなことを思うにつけても、近頃、危うさではなく危うさもどきがはびこっていることが気にかかる。以前、まだ大学で教えていたときのことだが、期末試験のとき、白い上っぱりに白いマスクをつけた活動家の学生諸君が、教室に乱入して来て、試験を妨害した。試験は中止の止むなきに到ったのだが、午後、試験が再開されたので、担当の教室に行ってみると、つい先程、「試験粉砕」と叫んでいた顔見知りの学生が、何くわぬ顔つきで席についている。驚いて、「何だ君、試験を受けるのかい」ときくと、別に困った様子もなく「ええ、一応」と答えたが、危うさをもてあそんでいるようなこういうふるまいはなんとも腹にすえかねたのである。

書くという行為について

もう三十年ほど昔のことだ。扇風機の風をじかに肩や背中にあてながら一夏かかって長い翻訳を仕上げたのだが、たぶんそれが原因で秋口になって背中にひどい筋肉炎が起きた。最初の激痛は一月《ひと》ほどで治まりはしたものの、いつ激痛に変わるかわからぬ鈍い不快な痛みがいつまでもあとを引き、そのことに由来する神経の緊張が、私の指の自由な動きを奪った。字を書くという単純な行為には、われわれの全神経、全筋肉の、精妙な、だがいかにも自然な協力が必要なのだが、そのための神経の安定と均衡が失われたのである。字を書こうとすると、力いっぱい万年筆を握りしめる始末であって、これではとても字など書くことは出来ない。これは突然、字を書き始めたばかりの幼児に戻ってしまったようなもので、私は枡目のなかにちゃんと文字をおさめることにさえ難渋した。十行も書くと、全身汗にまみれるのである。

そういう私の様子を見かねた友人が、口述にしたらどうかとか、テープ録音にしたらどうかとか、いろいろ助言してくれたが、ありがたいと思いはしたもののこれは受け入れることは出来なかった。私の場合、書くという行為は、未開人が矢じりや石を使って、洞窟の壁に絵や紋様を刻みつけるという行為にまっすぐ連なっていて、そういう具体的な手触りに欠けた口述やテープは、私には抽象的で観念的なものとしか思われなかったのである。

そういうときに、「ワープロ」が現れたのだが、これは少くとも指を使うという点で、いくらか私の興味をそそった。それに、直しも加筆や書きかえもコピーも自由に出来るという点でも大変好ましいものと思われたが、結局それに踏み切ることなく終わったのは、思考と指と万年筆と原稿用紙とのあいだの具体的で有機的な生き生きとした結びつきのなかに、機械的で無機的なものがむりやり割り込んでくるように思われたからである。友人たちが、「パソコン」や「ワープロ」がいかに便利なものであるかということを、実地を示しながら熱心に教えてくれた。彼らが言うことは充分理解はしたものの、私としては、私のなかの奥深いところで、執拗に生き続けているあの未開人的本能を抑えかねたのである。

その後「パソコン」はまことに驚くべき進歩を示しているようだ（「ワープロ」の名前は

あまり聞かなくなったが、これは「パソコン」が「ワープロ」の役割も果すようになったためらしい)。友人の教育にもかかわらず、相変わらず、それについての私の知識は無に等しいし、今に到るまでそれに触ったことさえない。何とか「サイト」とか、「ウェブ」とか、「ホームページ」とか言われてもまったく何のことやらわからないのであって、テレビの画面で、小学生たちがそれぞれに当てがわれた「パソコン」を猛烈な勢いでたたいているのを見て、ただあっけにとられるばかりである。このようなことを人に話すと、まるで絶滅種の生物でも見るような眼で見られるが、まあ今さら騒いでも仕方がない。おとなしく絶滅種らしく生きることにするが、困るのは、今や「パソコン」の使用は、ごく一般的な、ほとんど日常生活に不可欠の作業となっていることだ。だから、たとえば「ウェブ」で申し込んでくれなどとごく当り前のこととして書いてあるが、それは私には不可能だ。これでは日常生活にもさしつかえるのである。

にもかかわらず私が、「仕方がない。おくればせだがやってみるか」という気にならないのは、単に古くさい趣味に執着しているからではない。そういうことはまったくないとは言えないだろうが、それ以上に、「パソコン」が体現する思考や感覚の動きに、ある鋭い危機感のごときものを感ずるからである。「パソコン」の画面に現れるあの記号化されたことばには、かつて洞窟の壁に絵や紋様を刻みつけた人びとの、原稿用紙に（これはほかのものでもいいが）、万年筆その他で文字を書きつけた人びとの、物に触ることによって生ずるあのざらついた手触りが、おそろしく稀薄になっている。この手触りがおのずから生み出す現実感や生活感が、これまた稀薄になっている。ことばが単にそれを書く（打ち出すと言うべきか）人びとばかりではなく、それを読む人びとにとってもおそろしく抽象的なものになっている。「サイト」への何でもない書き込みが、たちまち人びとの情念を揺り動かし、思いもかけなかったクレームやヒステリックな世論を生み出すのも、根本的には、このようなことがかかわっているのではないかと思われる。私としては、万年筆で、原稿用紙に書き続けざるをえないのである。

過去について

たしか小学校の六年生のときのことだ。当時私は京都で暮らしていたのだが、秋の暮のある土曜日、午前中の授業のあと、ふと思いついてふだんの帰路とは異なる鴨川べりの道を選んだ。はっきりとした目的があったわけではない。河原を走りまわっている子供たちや、左手遠くにふしぎなほどくっきりと聳えている比叡山を時折見やりながら、ただぼんやりと歩いていただけなのだが、突然「登ってみようかな、比叡山に」とひとりごちたのである。それまでそんなことを考えていたわけではなかった。まったくの気まぐれだったのだが、私はそれがまえもって決まっていたことでもあるかのように、直ぐに比叡山に向かって歩き始めたものだ。

もちろん、ただ盲滅法登ったわけではない。学校の遠足で記憶にある正規の登山道を登り始めた。滋賀県側に下りたら、大津に住む父方の伯母のところで夕食をご馳走になろうなどと虫のいいことまで考えていたのである。だが、歩き続けるうちにどうも妙なことになって来た。どこでどう間ちがったのかわからないが、いつの間にやら脇道に迷い込んでしまったらしい。登っているはずなのに道は下り坂になり、歩き続けるうちにだんだん細くなって、ついには林のなかの道とは言えないようなごく細い小道になった。道に迷ったことが決定的になったわけで、頭のなかが何かわくわくするような不安にあふれ、足が異様にけだるかった。やっと林を出ると、登山道のような比較的広い道が続いていてホッとしたのだが、どうもこれは別の用途のために使われているようだった。

それからどこをどう歩いたか、もうよく覚えていない。まさしくねずみ取りにかかったねずみのように。ただうろうろと歩きまわっていたのだろう。自分ではわずかな時間という気がしていたが、実はかなりの時間がたっていたらしい。突然まるで誰かが合図でもしたように辺りが暗くなった。見る見るうちに暗さが増して、足もともよく見分けられぬほどになり、私は、崩れるように道ばたに坐り込んだ。全身がけだるかったが、それはふだん感じるけだるさとはどこか違っているようだった。それまでは気付かなかったのだが、谷川の水音が、かすかに聞こえてきた。風が出てきたようだった。最初は下の方で吹いていたが、やがて鋭い風音とともに吹き上げてきた。それは、風音というよりも、鬼が叫んででもいるようだった。あたりはすっかり暗くなり、ここで夜をあかすほかないと覚悟を決めたが、突然、遠くの方に、懐中電燈を持って近付いて来る二、三人の人影が見え、私は思わず駆け出した。

彼らは別に私を探しにきたわけではなく、ただ通りかかっただけのようだった。彼らのひとりが、心配して、わざわざ私を琵琶湖畔の坂本にある私鉄の駅まで送ってくれた。迷ったと思い込んでいたが、実はいつの間にやら坂本のすぐそばまで来ていたのである。

やっと辿り着いた伯母の家で早速風呂に入れてもらい、計画どおり夕食をご馳走になった。食事中、伯母やいとこたちの問いに答えながら、私は自分が大事件の主人公ででもあるかのようにいささか得意であった。山の夜は冷えるから、その人たちに会わなかったら命だって危なかったかも知れないと言われるに及んで、私はほとんど有頂天になった。食事のあと、伯母が敷いてくれた布団に横になったが、さすがに疲れていたらしく、すぐ眠り込んだ。どれだけ時間がたったのかはわからない。ふと眼を覚ますと、枕もとに蒼い顔をした母が坐っていた。あわてて起きあがったが、何をしゃべればいいのかわからない。母は、そういう私をただ黙って見つめていたが、やがて静かに泣き始めた。

この出来事はさすがに応えたようだった。その後かなり長いあいだ、しばしば夢に見てうなされた。学校の帰りなどに、たまたま比叡山を眺めているうちに、それがあの土曜の午後のふしぎなほどくっきりとした立姿に変わってゆき、それが私を誘っているように感じられてきた。そういう感じは直ぐに消え、現に見えるがままの姿に戻ったが、またいつあの姿に変わるかわからぬという不安めいたものが、妙にあとを曳いた。

そんなことがありはしたものの、その後はすっかり忘れていたのだが、ついせんだって、ほとんど七十年ぶりにそのときの夢を見た。何が切っかけでそんな夢を見たのかはわからないが、山や道が私を誘い、誰かが合図でもしたように日が暮れ、鬼の叫びのような風音が鳴り、遠くに明かりを持った人びとが見え、蒼い顔の母が私を見つめた。それらを見ている私は、十二歳の私なのだが、現在の私のようでもあった。私は深いところから浮きあがって来るように眼を覚ましたが、これが本当の眼覚めなのかどうかよくわからなかった。過去はいったいどんなふうにしてわれわれのなかで生き続けるのだろうか。

畏怖について

戦争末期のことだ。当時私は、京都の中学の四年か五年だったのだが、戦況の悪化のせいで正規の授業などはまったく行われなくなっていた。「勤労動員」ということで、連日京都市内の軍需工場で何やらわからぬ武器の部品の生産に励んでいたのである。その日も工場に出かけていたのだが、休憩時間に、工場外の空地に出てぼんやりしていたとき、突然大地が、奥深いところから衝きあげられたように激しく揺れた。私は身動きも出来ずに立ちすくんでいたが、見ると、すぐ眼のまえにある防火用の水槽の水も揺れ動き、激しく外に飛び散っていた。その先に見える工場の巨大な煙突が、ふしぎなほどゆっくりと左右に揺れ動いていた。ごく短いようなひどく長いような奇妙な時間が過ぎて揺れはおさまったが、私は、自分が、ずいぶん遠いところから戻ったような思いをした。

工場が倒壊することはなかったし、私の家も棚のものが落ちたくらいだったから、少なくとも京都では大した地震ではなかったのだろうが、この経験は、私の心に深く刻まれた。それは身に迫った危険に対する恐怖に留まるものではない。圧倒的に自分を超えた力に対する、ある畏怖の念とでも言うべきものだった。その後大小さまざまな地震を経験したが……そのたびに、この畏怖の念がなまなましく甦った。今度の地震のときも、たまたま私は、東京の自宅で原稿を書いていたのだが、すさまじい揺れに「これはひどいな」と思う一方で「あのときと同じだ」と考えていたのである。

五月三日いわきに出かけた。私がつとめている草野心平記念文学館が、二カ月ぶりにこの日から再開されることになり（さいわい被害はごく少なかった）、加うるに震災以来運休していた常磐線の特急が、本数は半減したものの何とか走り始めたから、何はともあれ、様子を見に行ったのである。いわき駅まで迎えに来てくれていた副館長の車で市内を案内してもらったのだが、私はただ黙々と窓外を眺め続けた。駅の周辺にはこれといった被害のあとは見られなかったが、それでも、ここかしこに、建物と道路のあいだが、あるいは歩道と車道のあいだが、地盤沈下のために、鋭い傷口のように口を開いているのが見えた。次いで、小名浜、四倉といった海ぞいの町に近付くにつれて、眼前の眺めそのものが、巨大な傷口のように見えてきた。完全に崩壊しているばかりではなく、さらにそのうえからハンマーでたたきつぶされたような家がある。大きく傾き、窓ガラスなどは皆割れているが、苦しげに身をよじりながら辛うじて立っている家がある。二階は無事のようだが、階下は、まるで火事のあとのようにくろずんだ柱のほかはまったくがらんどうになっている家がある。見たところ被害はないようだが人の姿はなく、玄関の扉に「これは私の家です……家族はどこそこに避難しています云々……」と書いた紙を貼った家がある。ここかしこの空地や庭前に、ひしゃげた机や椅子や箪笥、鞄、ぬいぐるみ、その他泥にまみれて正体のわからぬ種々雑多なものが、うず高く積み上げられていた。ほとんど人影はなく、ほんの時たま、そのごみの山のまえで立話しをしている人びとを見かけたが、私はそのそばを車で通り過ぎることさえ、何やらうしろめたい思いをした。先の方には、すき透ってはいるが、どれほどの放射能を含んでいるかわからぬ大気のしたで、今なお多くの遺骸を呑みこんだままの海が、まるで何事もなかったかのように、白く輝きながらひろがっていた。やがてわれわれは町を離れ、文学館に向かったが、今しがた見たものが、まるで悪夢のようにいつまでも私に追いすがるようだった。

館に着き、久しぶりに会った館の人びとの元気そうな様子を見てほっとしたのだが、そのあと館長室でぼんやりしていたとき、七十年まえに覚えたあの畏怖の念が、また鮮やかに甦った。それは、来る途中に眺めたものとなまなましく結びついた。人びとは今回の災害に際しての人災を云々している。それはたしかにそのとおりだが、地震や津波が示す自然の巨大な力にたかをくくり、原子力などという、世界の根源的な運動と結びついたわれわれの手に負えぬ危うい力を、簡単にわれわれの生活の手段としようとした思いあがりが、この人災を生み出す原因のひとつになっていると考えるべきではなかろうか。

あとがき

この本に収めたのは、雑誌「健康保険」に、平成十八年四月から平成二十二年三月までまる四年四十八回にわたって連載した文章である。上梓に際して、その後「歴程」に書いた二篇を加えて、計五十篇とした。

私は、この連載を始めるに当って、あらかじめ全体に通ずる何らかの主題を定めていたわけではない。日々の生活のなかで、その折々に私をとらえた、季節感や風物や記憶や人物や出来事について、興のおもむくままに語っただけである。その場合私が心したのは、そうしてとりあげたさまざまな主題の本質を見定めることだった。そうして見定めたものを、私自身のもっとも奥深いものと結びつけることだった。そういう意味で、これは、私の内的な日記であると言っていい。

執筆に際しては、近藤洋太、松本展哉、仲川陽、柴田恭子の諸氏に、上梓に際しては、小田久郎、髙木真史の諸氏に、万端にわたってお世話になった。装幀は、菊地信義氏の手をわずらわせた。

心から御礼申し上げる。

平成二十三年十一月

粟津則雄

粟津則雄　あわづのりお

一九二七年、愛知県生まれ。東京大学文学部フランス文学科（旧制）卒業。早くからランボーと小林秀雄に私淑。七〇年、『詩の空間』『詩人たち』によって第八回歴程賞、八二年、『正岡子規』によって第十四回亀井勝一郎賞、二〇一〇年、『粟津則雄著作集』全七巻によって第一回鮎川信夫賞特別賞受賞。ほか『ランボオ』三部作、『小林秀雄論』、『オディロン・ルドン』、『ゴッホ紀行』など文学、美術、音楽の多角的評論活動を展開する。九三年、紫綬褒章、九九年、勲三等瑞宝章受章。二〇一〇年、日本芸術院賞・恩賜賞受賞。現在、芸術院会員、法政大学名誉教授、いわき市立草野心平記念文学館館長。

畏《い》怖《ふ》について　など

著者
栗津《あわづ》則雄《のりお》
発行者
小田久郎
発行所
株式会社　思潮社
〒一六二―〇八四二　東京都新宿区市谷砂土原町三―十五
電話〇三（三二六七）八一五三（営業）・八一四一（編集）
ＦＡＸ〇三（三二六七）八一四二
印刷所
三報社印刷株式会社
製本所
誠製本株式会社
発行日
二〇一二年二月二十日